# MATRIMONIO DE CONVENIENCIA

AF274853

## SHARON KENDRICK
### Luna de miel griega

HARLEQUIN™

Editado por Harlequin Ibérica.
Una división de HarperCollins Ibérica, S.A.
Avenida de Burgos, 8B - Planta 18
28036 Madrid

© 2024 Harlequin Ibérica, una división de HarperCollins Ibérica, S.A.
N.º 88 - 15.7.24

© 2002 Sharon Kendrick
Luna de miel griega
Título original: Finn's Pregnant Bride

© 2002 Lindsay Armstrong
Perlas de amor
Título original: The Constantin Marriage
Publicadas originalmente por Harlequin Enterprises, Ltd.
Estos títulos fueron publicados originalmente en español en 2002

I.S.B.N.: 978-84-1074-020-4
Depósito legal: M-11870-2024
Impreso en España por: BLACK PRINT
Fecha impresión Argentina: 11.1.25
Distribuidor exclusivo para España: LOGISTA
Distribuidor para México: CODIPLYRSA
Distribuidores para Argentina: Interior, DGP, S.A. Alvarado 2118. Cap. Fed./Buenos Aires y Gran Buenos Aires, VACCARO HNOS.

MIXTO
Papel procedente de fuentes responsables
FSC
www.fsc.org
FSC® C159065

# Capítulo 1

CATHERINE no se fijó en la persona que estaba sentada allí. Estaba demasiado ocupada sonriendo al camarero con una de sus mejores sonrisas; así no permitiría que la expresión de su rostro mostrara el temor de que su novio se hubiera enamorado de otra mujer.

–*Kalispera*, Nico.

–*Kalispera, dhespinis* Walker –dijo el camarero al verla–. ¿Ha tenido un buen día?

–¡Mmm! –exclamó ella–. Hice la excursión en barco hasta las cuevas, tal y como me recomendó.

–Mi hermano..., ¿la ha cuidado bien?

–Oh, sí. Me ha cuidado muy bien –el hermano de Nico se había interesado por algo más aparte de que Catherine disfrutara de la excursión, y ella había pasado la mayor parte del tiempo lo más alejada posible del timón–. ¿La mesa de siempre? –le preguntó con una sonrisa, porque Nico se había esforzado en reservarle la mejor mesa del local todos los días, una que tenía vistas al mar.

–Me temo que esta noche es imposible, *dhespinis*. La mesa está ocupada. Ha venido un hombre de Irlandia.

Catherine percibió mucho respeto en su tono de voz. Miró al hombre sorprendida y repitió:

–¿De Irlanda?

–Irlanda –le tradujo el camarero–. Llegó esta misma tarde y pidió sentarse en su mesa para la cena.

Era ridículo que Catherine se sintiera decepcionada, pero así era como se sentía. Durante todas las vacaciones se había sentado en la mesa que había al final del pantalán de madera, tan cerca del mar que se podía ver cómo el agua mojaba las columnas que lo soportaban y cómo la espuma se tornaba plateada. La belleza del lugar era tan intensa, que Catherine casi se olvidaba de su vida en Inglaterra, de Peter, y del ajetreado trabajo que la esperaba a su regreso.

–¿Cómo ha podido hacerlo? Mañana es mi último día –se quejó.

–Puede hacer cualquier cosa. Es un buen amigo de Kirios Kollitsis.

Kirios Kollitsis era un magnate de unos setenta años que vivía en la isla y a quien pertenecían los tres hoteles y la mitad de las tiendas que había en la ciudad.

–Puedo ofrecerle la mesa contigua –dijo Nico–. También tiene muy buenas vistas.

Ella sonrió dejándole claro que no era su culpa. Era ridículo crearse rutinas con tanta facilidad, ni siquiera una temporal, y sobre todo después de ver cómo la vida le había cambiado por completo después de que Peter se hubiera marchado y encontrado al amor de su vida en tan solo una noche. De modo que había dejado a Catherine preguntándose qué había significado para él la relación de tres años que habían mantenido.

–Sería maravilloso. Gracias, Nico.

Finn Delaney bebió un poco de su copa de anís griego y contempló la puesta de sol, permitiendo que su cuerpo liberara parte de la tensión acumulada mientras trataba de conseguir una buena negociación. Era la primera vez que el éxito lo hacía sentirse vacío. Tenía otro millón en el banco, de acuerdo, pero seguía sintiéndose de la misma manera.

Apenas se había secado la tinta del contrato cuando se dejó llevar por los impulsos y tomó el primer vuelo que lo llevaría a la isla griega que conocía tan bien. Su secretaria había arqueado las cejas al oír sus palabras.

–¿Y qué pasa con tu agenda, Finn? –le preguntó–. La tienes a tope.

–Cancela todas mis citas –había contestado él.

–¿Cancelarlas? –repitió asombrada–. De acuerdo, tú eres el jefe.

Sí, él era el jefe, y tenía que pagar un precio por ello. La soledad iba unida al poder. Había pocas personas que hablaran con Finn sin concertar una cita previa. Pero a él le gustaba esa soledad y la posibilidad de controlar su propia vida. Ese control desaparecía en el momento en que permitía que otra persona entrara en su vida.

Levantó la copa de anís y miró el líquido que contenía, recordando los años pasados. Aquella isla lo había recibido con los brazos abiertos cuando no era más que Finn, o Kirios Delaney.

En Dublín lo llamaban «la cuchilla» por cómo se desenvolvía en el mundo de los negocios, y la mayoría de sus amigos y rivales no lo habrían reconocido aquella noche.

Había sustituido el traje por unos vaqueros desgastados y una camisa blanca de algodón. Llevaba los tres botones del cuello desabrochados dejando al descubierto su pecho musculoso y bronceado, y su cabello negro necesitaba un corte.

Hacía una noche estupenda y la luna estaba perfecta. Finn suspiró al pensar cómo, a veces, el éxito le impedía disfrutar de una imagen tan placentera como aquella.

–Acompáñeme, *dhespinis* Walker –Finn oyó que decía el camarero. Al sentir el ruido de unos pasos acercándose se volvió para mirar y, al ver a la mujer que entraba en el restaurante, sintió que le daba un vuelco el corazón. Dejó la copa de anís sobre la mesa y miró a Catherine de arriba abajo. Era más que preciosa. Pero las mujeres preciosas abundaban en su entorno, así que, ¿qué tenía aquella para que le resultara diferente?

Una larga y oscura melena caía sobre sus hombros y hacía que pareciera una brujilla irresistible. Tenía un rostro delicado y lucía un bonito vestido de tela vaporosa.

Ella lo miró como si allí no hubiera nadie y Finn sintió un pizca de curiosidad. Se pasaba la vida rechazando a mujeres que luchaban por atrapar a uno de los solteros más solicitados de Irlanda.

Cuando se sentó en la mesa contigua a la suya, Finn aprovechó para observarla de cerca. Tenía un perfil muy atractivo. Una nariz pequeña, y unos labios que parecían pétalos de rosa. Su piel tenía un brillo dorado, y sus piernas eran esbeltas.

Sintió cómo se le aceleraba el corazón. ¿Sería que la luz de la luna y la cálida brisa hacían que deseara llevar consigo a aquella mujer para deleitarse con los mejores placeres de la vida? ¿Sería que el embrujo de la isla había hecho que experimentara de nuevo los ardientes deseos de un adolescente?

Catherine notó que aquel hombre la miraba intensamente y sintió que le estaban invadiendo su espacio. Miró la carta sin fijarse en los platos que ofrecía, puesto que sabía muy bien qué era lo que le apetecía cenar.

–*Kalispera* –la saludó Finn con una medio sonrisa. Catherine continuó leyendo el menú. «Sin duda es irlandés», pensó para sí–. Buenas tardes –tradujo él.

Catherine levantó la vista y se volvió para mirarlo. Al instante, deseó no haberlo hecho porque no

estaba preparada para encontrarse con los ojos más
bonitos que había visto jamás. Eran de color azul
oscuro, como el mar en el que se había bañado
aquella misma tarde, y estaban rodeados por unas
pestañas espesas que no ocultaban el brillo de su mirada.

Tenía el típico rostro irlandés, y una boca seduc-
tora que se curvó ligeramente mientras él esperaba
una respuesta.

–¿Está hablando conmigo? –preguntó ella con
frialdad.

Finn miró el resto de las mesas vacías que había a
su alrededor y dijo:

–No tengo la costumbre de hablar solo.

–Y yo no acostumbro a entablar conversaciones
con extraños –dijo ella.

–Finn Delaney –sonrió él.

–¿Perdón? –preguntó ella arqueando las cejas.

–Mi nombre es Finn Delaney –repitió él sin dejar
de sonreír. Ella no se movió ni dijo nada. No le interesaba entablar conversación sin más–. Por supuesto, no sé cómo se llama usted –insistió él.

–Eso es porque no se lo he dicho –contestó ella.

–¿Y va a decírmelo?

–Depende.

–¿De qué?

–De si le importaría cambiarse de sitio.

–¿Cambiarme adónde?

–Cambiarse de mesa.

–¿Cambiarme de mesa?

–¿Acostumbra a repetirlo todo y convertirlo en una pregunta?

–¿Y usted siempre se comporta de esa manera furiosa con las personas del sexo opuesto?

Estuvo a punto de decirle que estaba harta del sexo opuesto, pero decidió no hacerlo. Lo último que le apetecía hacer era amargarse la noche. Empezaba a acostumbrarse al hecho de que la relación que mantenía con su novio había terminado.

–Si me viera furiosa de verdad, ¡se enteraría!

–Bueno, eso sería muy interesante de ver. No está exultante de cordialidad.

–No. Y es porque se ha sentado en mi mesa. Sé que puede parecerle ridículo, pero me he sentado ahí todas las noches y le tengo cariño al sitio.

–No es para nada ridículo –murmuró él–. Unas vistas como estas no pueden disfrutarse muchas veces en la vida, ni siquiera en el lugar de donde yo procedo.

–Lo sé –suspiró ella con melancolía.

–Siempre puede acompañarme –dijo él–. Y así podremos disfrutar los dos –al verla indecisa, le preguntó–: ¿Por qué no?

«¿Y por qué no?», pensó ella. Llevaba doce días cenando sola y no le vendría mal un poco de compañía. Además, al estar sola no dejaba de pensar en todo lo que podía haber hecho para intentar salvar la relación que tenía con Peter. Aunque sabía que el tiempo y la distancia habían provocado que la relación se deteriorara, no podía evitar arrepentirse de ciertas cosas.

—No muerdo —dijo él al ver una repentina tristeza en su mirada que hacía que se preguntara cuál sería la causa.

Catherine lo miró. Su aspecto tranquilo no ocultaba el fuerte atractivo sexual que desprendía, y que ella reconocía a pesar de encontrarse en un estado de congelación sentimental. Ese era su trabajo, se había entrenado para calar la verdadera personalidad de las personas.

—Porque no lo conozco —señaló ella.

—¿No es eso motivo suficiente para que me acompañe?

—Pensaba que el motivo era compartir las vistas.

—Sí. Tiene razón. Eso era —dijo sin dejar de mirarla. Catherine sintió un mezcla de placer y aprensión, pero no fue capaz de comprender por qué.

Quizá era porque él tenía un aspecto peligroso con aquel cabello oscuro, sus ojos azules y su pícara sonrisa. Con esos vaqueros desgastados y la camisa blanca, parecía uno de los pescadores que recogían las redes cada mañana en la playa. Era un hombre al que no volvería a ver. Entonces, ¿por qué no?

—De acuerdo —aceptó ella—. Gracias.

Él esperó hasta que ella se acomodó a su lado e inhaló el aroma a rosas que se desprendía de su cuerpo.

—Todavía no me ha dicho cómo se llama.

–Soy Catherine. Catherine Walker –esperó un instante para ver cómo reaccionaba, pero suponía que Finn Delaney no era un ávido lector de la revista *Pizazz!* y que, por tanto, no habría leído sus artículos. Así fue, no parecía que Finn la hubiera reconocido. ¿De verdad esperaba que un hombre tan masculino como aquel hojeara una revista de actualidad?

–Encantado de conocerte, Catherine –miró hacia donde el mar se tornaba dorado por el reflejo del sol y después se dirigió a ella otra vez–. Maravilloso, ¿verdad?

–Perfecto –contestó Catherine. Desconcertada por su intensa mirada, tomó la copa de vino y bebió un sorbo–. No es la primera vez que vienes, ¿verdad?

–Has estado investigando acerca de mí, ¿no?

–¿Y por qué diablos iba a hacerlo? El camarero comentó que eras amigo de Kirios Kollitsis, eso es todo.

Él se relajó de nuevo y recordó un verano de muchos años atrás.

–Así es. Su hijo y yo nos conocimos mientras viajábamos por Europa. Terminamos el viaje aquí, y creo que me enamoré de este sitio.

–Deja que adivine, ¿desde entonces vienes todos los años?

–De un modo u otro, sí. ¿Y tú?

–Es la primera vez –dijo Catherine y bebió un poco más de vino. No era necesario contarle que se suponía que iba a pasar unas románticas vacaciones para recuperar todo el tiempo que había pasado separada de Peter. Ni que a partir de ese momento estaría separada de él de manera permanente.

–¿Y volverás?

–Lo dudo.

–¿No te ha gustado lo bastante como para repetir?

Ella negó con la cabeza. Sabía que Pondiki representaría una etapa de su vida que preferiría olvidar.

–No me gusta repetir ninguna experiencia. ¿Por qué iba a hacerlo cuando el mundo está lleno de lugares inimaginables?

Hablaba como si tratara de convencerse a sí misma de ello. Para entonces, Nico había regresado.

–¿Ya sabes lo que vas a tomar? –le preguntó Finn.

–Pescado y ensalada –contestó ella–. Es lo mejor que hay en la carta.

–Eres una mujer de costumbres, ¿no? –bromeó él–. La misma mesa y el mismo plato cada noche. ¿Estás buscando cierta estabilidad?

¡Qué perceptivo era!

–La gente siempre se crea rutinas cuando está de vacaciones.

–¿Porque hay algo agradable en la rutina? –aventuró él.

–Algo así –contestó ella.

Catherine pidió la comida en griego y Nico sonrió mientras lo apuntaba. Y entonces, Finn comenzó a hablar con él con mucha fluidez.

—¡Hablas griego! —le dijo ella una vez que el camarero se había marchado.

—¡Como tú!

—Solo hablo lo básico. En los restaurantes, las tiendas y ese tipo de cosas —contestó ella.

—Yo hablo mucho más que eso.

—¡Qué modesto!

—No soy modesto, soy sincero. No lo hablo lo bastante bien como para discutir de filosofía; pero puesto que lo que sé de filosofía podría escribirse en un sello de correos, será mejor que ni lo intente —se fijó en sus ojos verdes y en cómo el vino brillaba sobre sus labios—. Háblame de ti, Catherine Walker.

—Tengo veintiséis años. Vivo en Londres. Si no viviera allí, tendría un perro, pero me parece una crueldad tener animales en una ciudad. Me gusta ir al cine, pasear por el parque, beber cócteles en las tardes de verano... lo normal.

—¿Y qué haces en Londres?

Catherine llevaba años esquivando esa pregunta. La gente siempre preguntaba lo mismo una vez que se enteraba de cuál era su profesión: «¿has conocido a alguien famoso?» Y aunque Finn Delaney no parecía un hombre predecible, el trabajo era el último tema que Catherine quería tratar.

—Soy relaciones públicas —dijo ella, y en cierto modo era verdad—. ¿Y tú a qué te dedicas?

—Yo vivo y trabajo en Dublín.

—¿De qué?

Finn no había sido muy explícito. Decir que era millonario no estaba bien, aunque fuera verdad.

—Bueno, hago un poco de todo.

—¿Todo dentro de la legalidad? —preguntó ella sin pensar, y él se rio.

—Por supuesto —murmuró él mirándola de manera que la hizo reír. Descubrió que tenía los labios más sensuales que había visto nunca en una mujer, y se preguntó qué estaría haciendo allí sola. Se fijó en su dedo anular de la mano izquierda. No llevaba anillo. Al ver que Nico se acercaba con la comida, se inclinó hacia delante para disfrutar un instante del aroma a miel y rosas que se desprendía del cuerpo de Catherine—. ¿Cuánto tiempo vas a quedarte?

Al sentirlo cerca, Catherine notó que se le aceleraba el corazón y se sorprendió al ver cómo había reaccionado ante su presencia. Se suponía que no debía sentir nada más que el vacío de haber perdido a Peter, así que, ¿cómo era posible que el deseo se estuviera apoderando de ella?

—Mañana es mi último día.

Finn se sintió decepcionado. ¿Esperaba que ella pasara allí el tiempo suficiente como para que tuvieran un romance vacacional?

—¿Y cómo piensas pasarlo? ¿Darás la vuelta a la isla?

Ella negó con la cabeza.

—No, probablemente me quede en la playa holgazaneando.

—Quizá te acompañe —dijo Finn—. Siempre que no te importe, claro.

# Capítulo 2

Q UIZÁ te acompañe –había dicho Finn.
Catherine se puso un poco de crema protectora en la nariz y un pareo en la cintura cubriendo así su bañador verde. Había quedado con Finn Delaney en la playa y empezaba a preguntarse por qué había aceptado tan rápido. Al sentir que tenía el corazón acelerado, sonrió. ¡Estaba comportándose como una adolescente! Había roto con su novio, de acuerdo, pero eso no significaba que tuviera que comportarse como una monja. No había nada de malo en pasar el rato con un hombre atractivo y carismático. Sobre todo con el poco tiempo que le quedaba para marcharse de la isla. Y si Finn Delaney le tiraba los tejos, ella lo rechazaría con educación.

Se hizo una coleta y buscó el sombrero para el sol antes de ir a tomar un café. El sol estaba en lo alto del cielo, pero en la terraza había un toldo que daba una buena sombra. Catherine se sentó en una de las mesas y trató de grabar esa imagen en su cabeza porque sabía que al día siguiente estaría lejos de allí.

–Anoche la vi con Kirios Finn –le dijo Nico cuando le llevó un plato de higos y un café solo. Todas las mañanas le servía algo nuevo, a pesar de que ella le había dicho que nunca desayunaba.

–Así es –dijo Catherine–. Estuve con él.

–Creo que le ha gustado... le gustan las mujeres bellas.

–Solo conversamos por el hecho de hablar el mismo idioma, eso es todo –dijo ella–. Me marcho esta noche, ¿recuerdas?

–¿Le ha caído bien? –le preguntó Nico.

–¡Apenas lo conozco!

–A las mujeres les gusta Finn Delaney.

–Imagino –dijo Catherine pensando en sus ojos azules, su cabello espeso y su cuerpo musculoso. Quizá no estuviera interesada en él, pero sus cualidades como periodista hacían que no le pasara inadvertido.

–Es un hombre valiente –añadió Nico.

Catherine lo miró. «Valiente» no era una palabra que se utilizara habitualmente.

–¿Y eso?

–El hijo de Kirios Kollitsis... estuvo a punto de morir. Y Kirios Delaney le salvó la vida.

–¿Cómo?

–Ambos iban en moto por la isla cuando Iannis se chocó. Sangraba mucho –hizo una pausa–. Yo era joven. Lo trajeron aquí. El hombre de Irlanda lo trajo en brazos y esperó a que llegara el médico. Kirios Delaney llevaba una camisa blanca, pero se volvió roja –cerró los ojos para recordar–. Roja y húmeda –Catherine imaginó la escena con mucha claridad. Al pensar en cómo la camisa ensangrentada se pegaba al torso de Finn Delaney, se estremeció–. Dicen que sin Kirios Delaney, Iannis habría muerto. Su padre... nunca lo olvidará.

Catherine asintió. La vida de un hijo valía más que nada en el mundo. Aunque Finn Delaney no hubiera actuado como lo hizo, también habría sido un hombre inolvidable. De pronto, ya no le parecía algo casual el hecho de haber quedado con él en la playa. Debería haberle dicho que no.

Bajó los escalones que llevaban hasta la arena, y cuando llegó al final se quedó inmóvil.

La playa estaba vacía, excepto por la presencia de Finn. Tenía la espalda muy bronceada y no llevaba más que un pantalón corto de lycra. Catherine se quedó sin habla y tragó saliva.

¿Qué diablos le estaba pasando? Peter había sido todo para ella. Su vida. Su futuro. Jamás se había fijado en otro hombre y, sin embargo, sentía que aquel extraño la había hechizado.

Finn estaba de espaldas a ella contemplando el horizonte, pero debió de sentir su presencia porque se volvió despacio y Catherine se quedó inmóvil. Era como si su mirada penetrante la hubiera convertido en piedra.

–¡Hola! –exclamó él.

–Hola –contestó ella con voz temblorosa.

Finn la observó y se fijó en lo perfecta que era,

como si fuera una aparición que pudiera desvane-
cerse en cualquier momento.

–Acércate –le dijo.

Catherine se acercó despacio y él no dejó de mirarla. El pelo recogido hacía que resaltaran más las
delicadas facciones de su rostro. El bañador que llevaba era de un verde más oscuro que sus ojos, y cubría un cuerpo mucho más esbelto del que él había
imaginado. Sus pechos eran muy apetecibles, y sus
caderas pedían las caricias de un hombre.

Al darse cuenta de que el corazón le latía muy rápido y de que estaba mirándola como si nunca hubiera visto a una mujer, Finn forzó una sonrisa y esperó a que llegara a su lado.

–Hola –le dijo otra vez.

–Hola –contestó ella tratando de sonreír. Era una
mujer moderna que estaba recuperándose de una relación rota y, en cuanto tuviera la oportunidad, le diría que no estaba interesada en nada más que en pasar un día agradable en Pondiki.

–¿Has dormido bien?

–En realidad, no. Hacía demasiado calor. Incluso
con el aire acondicionado, me sentía como si fuera
un bollo metido en el horno durante toda la noche.

Él se rio.

–¿No tienes uno de esos ventiladores antiguos en
tu habitación?

–¿Te refieres a esos que suenan como si estuviera
aterrizando una avioneta junto a la cama?

–Sí –necesitaba encontrar algo para distraerse y

así dejar de mirarle los pechos. Temía que la excitación que sentía se hiciera evidente–. ¿Qué te apetece hacer?

Catherine apenas oyó sus palabras. En bañador, parecía un chico de postal convertido en realidad.

Tenía la espalda ancha, las caderas delgadas y las piernas musculosas. ¡No debería estar permitido que los hombres como Finn Delaney llevaran bañador! Para dejar de pensar en él, se encogió de hombros y preguntó:

–¿Qué me ofreces?

Finn se contuvo para no decirle que deseaba quitarle el bañador y acariciarle todo el cuerpo. Señaló hacia las rocas.

–He hecho un campamento.

–¿Qué tipo de campamento?

–Uno normal. Está a cubierto. Hay provisiones. Ven y lo verás.

En la distancia, Catherine podía ver una sombrilla de playa, dos tumbonas y una neverita. Un oasis en el que podrían refugiarse del sol castigador.

–Vale.

–Sígueme –dijo él.

Catherine caminó junto a él sintiendo cómo la arena caliente le quemaba los pies a pesar de las sandalias.

El sonido del mar era tranquilizador y el aire estaba invadido por el aroma de los pinos que crecían en la isla.

–¿Cómo diablos has bajado todo esto hasta aquí? –le preguntó ella.

–Lo he cargado –flexionó el brazo bromeando–. ¡No hay nada como la fuerza bruta!

Catherine se lo imaginó cargando a su amigo en brazos, con la camisa llena de sangre. Húmeda y roja. Tragó saliva.

–Parece... parece un lugar atractivo.

–Siéntate –dijo él, y señaló hacia una de las tumbonas–. ¿Has desayunado?

Catherine nunca desayunaba, pero aquella mañana tenía apetito. No era apetito de comida, pero decidió desayunar un poco para ver si se calmaba.

–Aún no.

–Bien. Yo tampoco –Finn abrió la neverita, sacó pan y queso envuelto en hojas de parra y lo colocó todo sobre un mantel de cuadros. Sacó una navaja y comenzó a partirlo–. Toma. Come. Parece que te sentará bien comer un poco.

Ella se sentó y agarró el sándwich que le había preparado y un racimo de uvas.

–¡Hablas como si fuera una niña abandonada!

Él pensó que era perfecta, pero no era el lugar ni el sitio para decírselo.

–Parece que no has comido mucho últimamente.

–He comido muy bien en Pondiki –protestó ella.

–Durante cuánto tiempo..., ¿dos semanas?

Ella asintió.

–Pero antes no.

¡Por supuesto que no había comido bien! ¿Qué mujer comía cuando la abandonaba un hombre?

–¿Cómo lo sabes?

–Tus pómulos son los de una mujer que ha estado saltándose las comidas.

–He hecho dieta antes de las vacaciones –mintió.

–No hacía falta –contestó él, y le dio un bocado al pan.

Catherine pensó que Finn convertía el acto de comer en la cosa más sensual del mundo, y se horrorizó al ver el camino que llevaban sus pensamientos.

Mientras estaba con Peter no se había interesado por otros hombres, y empezaba a preguntarse si no sería porque no había encontrado a ninguno como Finn Delaney.

–Esto está muy bueno –murmuró.

–Mmm –él sonrió y se tumbó dejando que el sol acariciara su piel. Durante un instante permanecieron en silencio, escuchando el ruido de las olas al romper contra la arena–. ¿Te da pena marcharte? –preguntó él al fin.

–¿No le pasa a todo el mundo cuando se terminan las vacaciones?

–Cada uno es diferente.

–Supongo que por un lado me gustaría quedarme –pero eso sería una decisión cobarde, para no enfrentarse al vacío que le deparaba su nueva vida. Cuanto antes llegara, antes podría comenzar de nuevo.

–¿Hay algo a lo que no quieres regresar? –le preguntó Finn–. ¿O alguien?

–No –contestó ella. La verdad era muy difícil de explicar y ella no solía desahogarse con un desconocido.

No quería pensar en cuál sería el nuevo papel que desempeñaría en su vida, el de una chica sola que tenía que empezar de cero. Cuando Peter estaba fuera, se conformaba quedándose en casa viendo una película mientras comía palomitas. Suponía que eso ya no le parecería agradable. Tendría que salir con sus amigas. Y por las noches sentiría que estaba desaprovechando la vida.

–Imagino que me he enamorado de esta isla –dijo ella. Un lugar tan bonito como Pondiki hacía que la gente se olvidara del resto del mundo.

–Sí –dijo él, y la observó mientras ella sacudía las migas que habían caído sobre sus muslos. Deseó no haberlo hecho, ya que al fijarse en los pechos de Catherine sintió que algo se revolucionaba en su interior. Se tumbó boca abajo–. Eso es fácil.

–¿Y a ti qué? ¿Te dará pena marcharte?

Finn pensó en el nuevo proyecto que estaba desarrollando en Irlanda y en lo que conllevaba. En todo el tiempo que necesitaría para llevarlo a cabo. ¿Cuándo había sido la última vez que se había tomado vacaciones? ¿Cuándo había estado tan bien acompañado? Presionó su cuerpo contra la arena para que su cuerpo no desvelara sus pensamientos. Ella estaba justo enfrente y, al ver sus piernas esbeltas, cerró los ojos confiando en que así se le pasaría la excitación.

–Sí –dijo–. Me dará pena.

Ella notó que al hablar arrastraba las palabras y supuso que deseaba dormir un rato. No dijo nada más. Se quedó contemplando el mar azul para no olvidarlo jamás y recordarlo cuando estuviera en Inglaterra e hiciera un día lluvioso.

Miró a Finn una vez más y se fijó en cómo su pecho subía y bajaba al ritmo de la respiración. Sin duda, estaba dormido.

Lo imaginó tumbado sobre unas sábanas blancas y, de pronto, sintió cómo una ola de calor recorría su cuerpo. Se puso en pie con brusquedad. ¡Tenía que darse un baño!

Se quitó el sombrero y corrió hacia la orilla. Se adentró en el agua templada y dejó que su cuerpo se enfriara poco a poco. Nadó en paralelo a la orilla y, cuando estaba a punto de salir, sintió un fuerte calambre en una pierna que la hizo gritar de dolor.

Intentó seguir nadando, pero no podía mover la pierna. Abrió la boca para gritar de nuevo y, al tragar agua, comenzó a toser.

«No te asustes», se dijo, pero no lo consiguió. Cuanto más le dolía la pierna, más agua le entraba en la boca, así que empezó a agitar los brazos sin control.

Finn estaba soñando con una sirena de cabello oscuro cuando escuchó un ruido que no supo reconocer. Abrió los ojos y vio que Catherine no estaba allí.

De pronto, se le ocurrió que podía estar en peligro y se puso en pie. Oteó el horizonte y vio que ella estaba en el agua agitando los brazos.

Corrió a toda velocidad saltando las olas y nadando a crol para llegar hasta ella lo antes posible.

–¡Catherine! –la llamó–. ¡Tranquila... voy a por ti! –ella apenas oyó lo que él le decía y, aunque intentó esperar con calma hasta que llegara, su cuerpo no la obedecía y sintió cómo se hundía poco a poco... tragando cada vez más agua–. ¡Catherine! –la agarró y la sacó a la superficie. La golpeó con la palma de la mano entre los omóplatos para que escupiera el agua que había tragado–. Tranquila –le dijo–. Tranquila –llevó la mano hasta la pierna que tenía agarrotada.

–¡Ay! –se quejó ella.

–Voy a llevarte nadando hasta la orilla. Agárrate fuerte a mí.

–¡No vas a poder conmigo!

–¡Cállate! –dijo él. La tumbó boca arriba y la abrazó por la cintura.

Catherine no recordaba muy bien lo que había hecho durante el día, ni lo que había sucedido después. Solo recordaba que él la había tumbado en la arena y lo humillada que se había sentido por tener que vomitar en su presencia. Él comenzó a masajearle la pierna para que se le relajara.

Debió de perder el conocimiento porque cuando abrió los ojos estaba tumbada sobre la arena, apoyada sobre el pecho de Finn.

–¿Estás bien? –murmuró él. Ella tosió y asintió.

Se estremeció al pensar en la suerte que había tenido–. No llores. Sobrevivirás.

No podía moverse. Se sentía como si tuviera las piernas atadas.

—Me siento tan..., ¡tan estúpida!

—Bueno, un poco sí lo has sido –convino él–. Por haberte ido a nadar justo después de comer. ¿Por qué lo has hecho, Catherine?

Ella cerró los ojos. No podía explicarle que ver su cuerpo desnudo la había desequilibrado.

—¿Quieres que te lleve hasta la tumbona?

—Iré andando.

—Ah, no. Ven aquí –se puso en pie y la tomó en brazos como si no pesara nada.

Catherine no era el tipo de mujer que esperara que un hombre la llevara en brazos. Los hombres que ella conocía consideraban que un comportamiento así era algo sexista. ¿Y lo era?

No.

Se sentía indefensa, pero admitía que sentir el calor del cuerpo de Finn junto al suyo era placentero.

—¿Finn?

Él la miró. De pronto, recordó que aquella mujer había estado a punto de ahogarse y sintió un fuerte dolor en el corazón.

—¿Qué ocurre? –susurró, y la dejó sobre la tumbona con mucho cuidado.

Catherine se retiró un mechón de pelo de la cara.

—Gracias –le dijo, y él esbozó una sonrisa que le sirvió para liberar algo de tensión.

–No digas nada –dijo él. Deseó que ella no lo mirara de esa manera. Tenía los labios entreabiertos, como si esperara que la besara–. Descansa un poco y después te llevaré al hotel.

Ella asintió. Recordó que tenía que hacer el equipaje. Organizarse y prepararse para adoptar el papel de Catherine Walker, la gran dama de la revista *Pizazz!*. En aquellos momentos, prefería el papel de mujer vulnerable que miraba a los ojos de su rescatador.

«¿Y Peter?», oyó una vocecita en su interior. «¿Te has olvidado de Peter tan pronto para sustituirlo por un hombre que apenas conoces? ¿Estás hechizada por un hombre que parece tener aptitudes para salvar vidas?»

–¿Has salvado muchas vidas, verdad, Finn Delaney?

–¿Qué quieres decir?

–He oído lo que hiciste por el hijo de Kirios Kollitsis.

–¿Has estado hablando de mí? ¿Con quién?

–Solo con Nico... el camarero –dijo ella a la defensiva–. Él me lo comentó.

–Bueno, no tenía derecho a comentártelo... ocurrió hace mucho tiempo. Ya está olvidado.

Pero la gente no se olvidaba de cosas como esas. Catherine sabía que nunca olvidaría lo que él había hecho por ella, aunque no volviera a verlo nunca más. Y era lo más probable.

Él la acompañó hasta el hotel agarrándola del

brazo. Ella se lo agradeció porque todavía tenía las piernas temblorosas.

—¿A qué hora te marchas?

—El taxi viene a las tres.

—Ve a hacer el equipaje.

Catherine era una persona ordenada, pero aquel día hizo el equipaje sin ningún cuidado. Metiendo la ropa como si no le importara que tuviera que ponérsela otra vez. Y así era. Sentía un dolor en el corazón y sabía que no tenía nada que ver con Peter.

Trató de convencerse de que un hombre como Finn Delaney provocaba esa sensación en el corazón de cualquier mujer y que, después de todo lo que había sucedido, era normal que esa sensación fuera mucho más intensa.

Cuando bajó al recibidor y vio que no había nadie más que Nico, se desilusionó. Buscó a su alrededor con la mirada, pero no encontró rastro alguno del hombre irlandés.

El taxi estaba un poco viejo. Ya habían guardado la maleta en el maletero y Catherine estaba sentándose en el asiento trasero cuando vio llegar a Finn. Él se acercó al coche y sonrió.

—¿Lo has conseguido?

—Más o menos.

—¿Tienes el pasaporte? ¿Y el billete?

Si otra persona le hubiera hecho esas preguntas, se habría sentido ofendida y le habría dicho que estaba acostumbrada a viajar sola y que no necesitaba que nadie cuidara de ella. Entonces, ¿por qué se sentía complacida y protegida?

–Sí, lo tengo.

–Buen viaje, Catherine –dijo él.

–Gracias.

–Adiós.

Ella asintió. ¿Por qué se había molestado en bajar si era todo lo que pensaba decirle? Intentó restarle importancia y bromeó.

–Es probable que me tengan esperando en el aeropuerto hasta la semana que viene..., ¡si es que este taxi me lleva hasta allí!

Finn arqueó las cejas al ver que el capó estaba atado con una cuerda. Hubo un momento de silencio y Catherine pensó que él iba a decirle algo, pero no fue así. Metió la mano en el bolso y sacó una cámara.

–Sonríe –le dijo.

Él miró la cámara como si fuera una serpiente venenosa.

–Nunca poso para las fotos.

–¡Bueno, sigue frunciendo el ceño y te recordaré así siempre! –bromeó. Él sonrió despacio y ella disparó–. ¡Esta es para ponerla en el álbum!

Él vio dolor en su mirada y eso lo desarmó. Metió las manos en los bolsillos traseros de sus vaqueros. Nunca había tenido un romance vacacional en su vida, pero...

–Toma... –se agachó y metió la cabeza por la ventanilla. Catherine inhaló el aroma a jabón que desprendía su cuerpo y se fijó en que todavía tenía el pelo mojado. Durante un momento pensó que iba a besarla, pero él le dio una tarjeta de negocios—. Llámame si alguna vez vas a Dublín —le dijo, y dio una palmada en la puerta del taxi. El conductor captó la señal y arrancó—. Es la ciudad más bonita del mundo.

Mientras el coche se alejaba levantando una nube de polvo, ella agarraba la tarjeta con fuerza, como si tuviera miedo de perderla. Se volvió para mirar atrás, pero él se había marchado.

# Capítulo 3

CATHERINE, estás preciosa!

Catherine estaba de pie en el despacho de la editora. No quería estar allí, pero sabía que era su primer día de trabajo después de las vacaciones y que era normal que se sintiera así.

–¿De veras?

Miranda Fosse la miró de arriba abajo.

–¿No crees? ¡Claro que sí! Estás muy morena y estupenda... si acaso, ¡demasiado delgada! ¿Lo has pasado bien?

–Estupendamente.

–Has conseguido olvidarte de Peter, ¿no?

Si Miranda le hubiera hecho esa pregunta a mitad de las vacaciones, Catherine se habría indignado, pero en aquellos momentos admitía que no había sufrido tanto la pérdida de Peter como pensaba. Además, se sentía un poco culpable por no haber sufrido tanto, y sabía cuál era el motivo. Tenía forma de hombre.

Catherine tragó saliva y se preguntó si se estaría volviendo loca. No había dejado de pensar en Finn Delaney desde que salió del pequeño hotel de Pondiki. ¿Y cómo podía tener sueños tan vívidos sobre un hombre al que apenas conocía?

El único recuerdo material que tenía de él era su tarjeta de negocios. Ya estaba muy manoseada y siempre la llevaba en su bolso.

—¿Has sacado fotos? —le preguntó Miranda mientras le indicaba que se sentara.

Catherine se sentó y sacó las fotos del bolso. Era una costumbre que la gente mostrara las fotos de las vacaciones a sus compañeros de trabajo.

—Algunas. ¿Quieres verlas?

—¡Siempre y cuando no sean todas de paisajes aburridos! —bromeó Miranda, y agarró las fotos—. Mmmm. Bonita playa. Vaya puesta de sol. Y qué limoneros. Vaya, vaya, ¡mira esto! ¿Quién diablos es este?

Catherine miró la foto que tenía Miranda al otro lado de la mesa. Sabía perfectamente qué foto era. Había grabado los ojos azules y el cabello negro de Finn Delaney en su memoria.

—Un hombre que conocí —dijo con indiferencia.

—¿Solo un hombre que conociste? —repitió Miranda con incredulidad—. ¡Si yo hubiera conocido a un hombre como este, no habría regresado a casa! ¡No me extraña que te hayas olvidado de Peter!

—¡No me he olvidado de Peter! —dijo Catherine a la defensiva—. Solo es un hombre que conocí la noche antes de marcharme —«que me salvó la vida e hizo que me diera cuenta de que podía sentir algo por otros hombres», pensó.

Miranda miró la foto con detenimiento.

—Me resulta conocido —murmuró.

—No creo.

—¿Cómo se llama?

—Finn Delaney.

—Finn Delaney... Finn Delaney —repitió Miranda, y frunció el ceño—. ¿Dónde he oído ese nombre?

—No lo sé. Es irlandés.

Miranda empezó a buscar el nombre en su ordenador.

—Finn Delaney —dijo, y esbozó una sonrisa—. ¿Y dices que nunca habías oído hablar de él?

—¡Por supuesto que no! —dijo Catherine—. ¿Qué has encontrado?

—Ven aquí —dijo Miranda.

Catherine rodeó el escritorio de Miranda y vio que en la pantalla del ordenador había una foto de Finn. Era evidente que se trataba de una foto sorpresa y parecía que no le gustaba estar al otro lado de la cámara. Con ella también se había mostrado reticente a ser fotografiado.

En la foto tenía el pelo más corto y, en lugar de la ropa de sport que llevaba en Pondiki, vestía un traje gris. Tenía el ceño fruncido y parecía preocupado, nada que ver con el hombre tranquilo que tomaba una copa de anís junto al mar.

—¿Tiene su propia página web? —preguntó Catherine con sorpresa.

—Es la de su empresa. La de Finn Delaney Appreciation Society.

–¡Bromeas!

–No. Al parecer, hace poco lo nombraron tercero en la lista de los solteros más cotizados de Irlanda.

¡Catherine se preguntaba cómo debían de ser el número dos y el número uno! Se acercó a la pantalla y leyó la lista de sus múltiples negocios.

–Y está metido en todo –comentó Catherine.

–¡Eso parece! Es el que ha financiado un centro comercial enorme que incluye un teatro y un centro de arte.

–¿De veras? –preguntó Catherine. Él no le había parecido un magnate de los negocios.

–Sí, en serio. Tiene treinta y cinco años, es soltero y parece un ángel –Miranda levantó la vista–. ¿Cómo no habíamos oído hablar de él antes?

–Ya sabes cómo es Irlanda –sonrió Catherine–. Un reino particular, ¡pero sin rey! Todo se lo guardan para sí mismos.

Pero Miranda no la estaba escuchando. Sin embargo, seguía leyendo en voz alta:

–Es posible que Finn Delaney se dedique a la política. ¡Guau! ¿Vas a volver a verlo, Catherine?

–No lo había pensado.

–¿Te pidió salir?

–No. Solo me dio su tarjeta y me dijo que lo llamara si alguna vez iba por allí, pero...

–¿Pero?

–No creo que me moleste en hacerlo.

–¿Y por qué no? –preguntó Miranda.

–Por montones de motivos, pero el más importante es que no hace tanto que terminé con Peter. O mejor dicho –se corrigió–, que él terminó conmigo. Estuvimos juntos tres años y necesito superarlo –se encogió de hombros tratando de no pensar en el musculoso cuerpo de Finn ni en la penetrante mirada de sus ojos azules. Quería hacer un esfuerzo para grabar la imagen de Peter en su memoria–. Una persona sensata no cambia de una relación a otra con tanta rapidez.

–¡Nadie te está pidiendo que tengas una relación! –le dijo Miranda–. ¿Qué pasa con la amistad?

Catherine no podía explicarle a Miranda sin delatarse que era imposible que una mujer mirara a Finn Delaney y pensara en una simple amistad. Cada vez que pensaba en Finn, solo imaginaba largas noches apasionadas junto a él.

–No voy a ir hasta Dublín para empezar una simple amistad –se quejó.

–¡Pero ese hombre podría convertirse en el Primer Ministro de Irlanda! –exclamó Miranda–. ¡Imagínate! ¡Catherine, no puedes perder la oportunidad! Eres una mujer atractiva, te ha dado su tarjeta... ¡Estoy segura de que estará encantado de verte!

–No es tu estilo jugar a la celestina, Miranda... ¡Una vez dijiste que las personas que están solteras se entregan más a sus trabajos! ¿Por qué te interesa tanto que vea a Finn Delaney?

–Estoy pensando en nuestros lectores...

De pronto, todo tenía sentido.

–Entonces ni se te ocurra –le advirtió Catherine–.

Ni aunque estuviera pensando en llamarlo, no se me ocurriría escribir un artículo sobre él, ¡si es que es eso lo que estás tramando!

Miranda puso una amplia sonrisa.

—¡No te tomes todo tan en serio, chica! ¿Por qué no vas? —insistió—. Date un capricho para variar.

—¡Pero si acabo de regresar de las vacaciones!

—Podemos escribir un artículo sobre la ciudad. A todo el mundo le encanta Dublín, ya lo sabes. ¡Una guía para solteras! ¿Qué te parece si lo convertimos en nuestra próxima misión? Y si mientras estás allí quieres llamar a Finn Delaney..., mejor que mejor.

—No voy a escribir nada acerca de él —dijo Catherine, a pesar de que se le encogió el corazón solo de pensar en la posibilidad de volver a verlo.

—Y nadie te ha pedido que lo hagas si no quieres —la tranquilizó Miranda—. Cuéntales a las lectoras todo sobre las tiendas, los restaurantes y los grupos de música que actúan allí. Eso es todo.

«Eso es todo». Catherine recordó sus palabras en el momento en que el avión aterrizó en el aeropuerto de Dublín.

«Eso es todo», se dijo mientras se inscribía en el hotel MacCormack's.

«Eso es todo», se dijo de nuevo mientras descolgaba el teléfono para colgarlo otra vez.

Hicieron falta tres intentos para que Catherine

consiguiera marcar el teléfono de Finn Delaney, eso sí, con manos temblorosas.

Primero habló con la operadora.

—Me gustaría hablar con Finn Delaney, por favor.

—No cuelgue, por favor —le dijo una mujer con amabilidad—. Le paso con su secretaria.

Contestó otra mujer que parecía más seria.

—Despacho de Finn Delaney.

—Hola, me llamo Catherine Walker y me gustaría hablar con él.

—¿Puedo preguntarle de qué se trata, señorita Walker?

—Conocí al señor Delaney durante las vacaciones. Me dijo que lo llamara si alguna vez venía a Dublín y... —Catherine tragó saliva—. Bueno, aquí estoy.

—Ya —dijo la mujer que estaba al otro lado de la línea—. Si no le importa esperar un momento, iré a ver si el señor Delaney puede ponerse... aunque tiene una agenda muy ocupada.

Catherine sospechaba que era la manera elegante de decirle que aquel hombre no pensaba ponerse al teléfono. Comenzó a arrepentirse de haberle mostrado la foto a Miranda y de haber accedido a viajar hasta Dublín. Apretó el auricular contra su oreja y esperó.

—¿Catherine?

Era la dulce voz que recordaba tan bien.

—Hola, Finn... soy yo, ¿te acuerdas?

Por supuesto que se acordaba de ella. La había recordado durante largas noches en vela. Algunas demasiado largas. Y después se había convencido de que no volvería a saber de ella. A menos que él la buscara. Pero en aquellos momentos, tenía un importante proyecto que sacar adelante y no podía permitirse la distracción femenina.

—Por supuesto que te recuerdo —dijo él—. Vaya sorpresa.

«Una ridícula sorpresa», pensó Catherine.

—Bueno, me dijiste que te llamara si venía a Dublín...

—¿Estás en Dublín?

—Así es.

Finn se recostó en el respaldo de la silla.

—¿Cuánto tiempo vas a estar?

—Solo el fin de semana. Encontré un billete barato y... bueno, aquí estoy.

Quizá no fuera lo más sensato del mundo, pero no podía hacer nada para que su cuerpo no reaccionara al oír la voz de Catherine Walker y al recordar la suavidad de su cuerpo apoyado contra su pecho.

—Y quieres un guía, ¿no es así?

—Oh, soy capaz de descubrir la ciudad por mí misma —contestó Catherine—. Tu secretaria me dijo que estabas muy ocupado.

Finn miró la página de la agenda que tenía delante.

—Y lo estoy —suspiró aliviado de ver que ella no esperaba que lo dejara todo de golpe—. Pero más tarde estoy libre. ¿Qué te parece si quedamos para cenar? ¿O estás ocupada?

Durante un instante, Catherine estuvo a punto de decir que sí, que estaba ocupada. Muy ocupada. No necesitaba verlo, y menos dejarse hechizar por su poderoso encanto.

—No, estoy libre para la hora de la cena —dijo sin pensar.

Él contuvo un suspiro. Ella había estado distante en Pondiki, y eso había estimulado la curiosidad por alguien que no era como las demás. Era un hombre que no estaba acostumbrado a que las mujeres rechazaran sus invitaciones, y la novedad había aumentado su interés por ella. Sin embargo, allí estaba... tan dócil y deseosa como cualquier mujer.

Pero pensó en sus ojos verdes y en el cabello oscuro y el suspiro se convirtió en sonrisa.

—¿Dónde te alojas?

—En el hotel MacCormack's.

—Te recogeré a las siete.

Catherine esperaba que él le preguntara: «¿te viene bien?» Pero no fue así. Le dijo adiós, y terminó la conversación sin más.

Pensativa, colgó el auricular. Sonaba diferente. Claro, la gente en vacaciones estaba más relajada. ¿Así que el que parecía un pescador con sonrisa bonita era simplemente un espejismo de un día?

Esperaba que así fuera, por su bien.

Pasó la mañana haciendo visitas culturales y después comió en un restaurante muy recomendado.

Por la tarde, recorrió la ciudad fijándose en las tiendas de Grafton Street e impregnándose del ambiente de la capital irlandesa antes de regresar al hotel para escribir su artículo.

Después se dio un baño de espuma y se vistió con más cuidado que de costumbre. Quería parecer recatada pero sexy al mismo tiempo. Informal pero elegante. Como si no tuviera ningún problema y acabara de salir de las páginas de su revista. «Te exiges demasiado, Catherine», pensó enfadada consigo misma.

Se puso un vestido de lino color crema, sencillo pero elegante. Se recogió el cabello en un moño y se puso unos pendientes largos de jade. Cuando dieron las siete, bajó al recibidor con el corazón acelerado.

Él no estaba allí.

¿Y si la había dejado plantada?

Catherine cruzó el recibidor y se acercó para mirar la pecera. Los peces exóticos nadaban despacio y moviendo la aleta trasera con gracia. «Qué fácil debe de ser la vida de los peces», pensó.

—¿Catherine?

Ella se volvió al oír el acento irlandés y vio a Finn Delaney. Tenía el mismo aspecto que ella recordaba, pero a la vez era distinto. Por un momento, le pareció un extraño.

Iba vestido casi igual que en la fotografía que había visto en internet, solo que el traje era azul oscuro. También llevaba una corbata de seda azul que resaltaba el color de sus ojos.

Se había cortado el pelo, no mucho, pero lo justo para que pareciera más arreglado.

Ya no era el hombre con aspecto de pescador que llevaba unos vaqueros desgastados. Y tampoco tenía la sonrisa desenfadada, sino una cautelosa.

–Hola –murmuró él.

«Oh, cielos», pensó ella. ¿Qué diablos la había hecho ir allí? ¿Por qué lo había llamado? ¿Por qué había quedado con él cuando era evidente que se arrepentía de haberle dado su tarjeta?

–Hola –contestó ella tratando de no derretirse al oír su voz.

–Siento llegar tarde... estaba muy ocupado. Ya sabes cómo son las tardes de los viernes... y el tráfico era una pesadilla.

–Debí darte mi teléfono móvil..., así podrías haber cancelado la cita –dijo ella arqueando las cejas–. Todavía estás a tiempo.

Finn se relajó, y no solo porque al ofrecer su retirada ella se hubiera vuelto más deseable. Él se había arrepentido de decirle que lo llamara, sobre todo porque no había imaginado que fuera a hacerlo. No tan pronto.

Al verla de nuevo, recordó el efecto paralizante que ella tenía sobre él. Recordó el calor de su piel y cómo las gotas de agua que caían por su cuerpo se secaban al rozar el suyo. También el cabello oscuro y mojado que se le había quedado pegado al rostro.

Pero aquella noche, tenía un aspecto muy diferente. Llevaba el pelo recogido de forma que resal-

taba sus facciones. La nariz, recta y pequeña; los labios con forma de corazón y los preciosos ojos verdes.

—¿Qué? ¿Dejarte sin más cuando has venido
desde tan lejos? —bromeó él.

—¿Desde Londres, quieres decir? Finn, no es la
otra punta del mundo.

—¿Ah, no? —sonrió—. Bueno, gracias por la lec-
ción de geografía.

—De nada —contestó ella.

—¿Eso quiere decir que no quieres que Finn Delaney te haga el tour por la bonita ciudad de Dublín?

No. Quería decir que comenzaba a arrepentirse
por haber ido, pero sabía qué era lo que la había llevado hasta allí. Finn Delaney tenía el mismo atractivo que el día que la sacó del mar y ella se agarró a
su cuerpo casi desnudo en una isla griega.

—Creí que íbamos a cenar, no a hacer de turistas
—dijo ella.

—Claro. ¿Tienes hambre?

—Mucha —no era cierto, pero pensó que, al menos,
en la cena podría distraerse jugando con la servilleta
y bebiendo un poco de vino. Además, esperaba que
el bullicio del restaurante diluyera un poco su presencia embriagadora. Quizá la tarde pasara deprisa y
después pudiera olvidarse de él.

—Entonces vamos.

—Finn...

Al oír cierta duda en su voz, Finn se detuvo.

—¿Qué?

—Tienes que dejarme que te invite a cenar.

—¿Por qué?

Ella se encogió de hombros. Sabía que de algún modo podría pagar la deuda que tenía con él, y quizá hacerlo le diera una razón válida para haber ido allí.

—Te lo debo. No te olvides, salvaste mi...

—¡No! —exclamó él con brusquedad—. Yo pagaré. Yo te he invitado, y este es mi territorio —entornó los ojos—. Oh, y Catherine... no fue nada importante. Te dio un calambre y yo te saqué del agua, ¿vale? Vamos a olvidarlo, ¿de acuerdo?

Catherine se preguntaba si había algo más modesto que un héroe modesto. Al oír la decisión que había en su tono de voz, asintió con una obediencia que no era habitual en ella.

—De acuerdo —convino ella.

Finn sonrió y dirigió la mirada a los pies de Catherine. Se fijó en que no llevaba tacones.

—Llevas zapatos cómodos.

—¡No me he puesto los de tacón de aguja porque pensé que íbamos a ir caminando hasta el restaurante! —contestó ella.

—Bien, porque vamos a ir andando —contestó él despacio. Aunque imaginársela con tacón de aguja hizo que se pusiera nervioso—. Vamos.

Era una cálida tarde de verano y las calles de Dublín estaban llenas de gente paseando.

—¿Has reservado en algún sitio? —le preguntó Catherine.

–No te preocupes. Habrá mesa para nosotros.

La llevó hasta Sant Stephen's Green, el lugar más bonito que Catherine había visto nunca. Allí había un restaurante situado en un lugar apartado. El hecho de que no tuviera la carta en las ventanas oscuras decía mucho sobre su exclusividad.

Pero conocían a Finn Delaney y lo saludaron como si fuera el hijo pródigo.

–¿Es la primera vez que vienes? A Irlanda, me refiero. A Dublín, en concreto –le preguntó él una vez que se sentaron. Les habían dado una mesa que estaba junto a la ventana y desde la que se podía observar a la gente del exterior. Observar a la gente era algo que a Catherine le gustaba hacer, pero esa noche descubrió que solo estaba interesada en observar a una persona.

Extendió la servilleta sobre su regazo y contestó:

–Así es. Dijiste que era la ciudad más bella del mundo, así que pensé que debía venir a verla con mis propios ojos.

Él se rio.

–Me halaga que creyeras mi palabra –le dijo arqueando las cejas–. ¿Y lo es?

–Todavía no he visto lo suficiente –contestó ella.

–¿Ah, no? –bajó la mirada hasta la curva de sus senos–. Veré qué podemos hacer sobre ello.

# Capítulo 4

A LA MAÑANA siguiente, Catherine iba sentada en el asiento del copiloto del coche descapotable de Delaney. El viento sonrojaba sus mejillas y el cielo azul brillaba sobre su cabeza.

—No te olvides de recogerte el pelo —le había dicho él cuando la dejó en el hotel por la noche.

Así que Catherine se hizo una trenza para evitar que el cabello se le llenara de enredos.

—¿Dónde vamos? —preguntó nada más subir al coche.

Él giró el contacto y esbozó una sonrisa. Estaba perfecta, y el lazo ámbar que llevaba contrastaba con su cabello oscuro. No recordaba cuándo había sido la última vez que había visto a una mujer adulta con un lazo, y admiraba la mezcla de inocencia y sensualidad que aquel objeto otorgaba.

—A Glendalough. ¿Has oído hablar de ese sitio? —ella negó con la cabeza—. Te voy a dar un poco de información turística. Es un asentamiento cristiano del siglo XVI que está a una hora de Dublín. Es famoso por su monasterio. El nombre se lo da el lugar..., un valle idílico entre dos lagos.

«Idílico. ¿No es esto lo bastante idílico?», se preguntó ella mirándolo de reojo.

La cena había sido estupenda. Finn Delaney había estado divertido, provocativo, discutidor y bromista. Y si ella esperaba que la interrogara acerca de su vida, su profesión y sus relaciones... estaba muy equivocada. Él parecía más interesado en los aspectos generales que en lo específico.

Quizá había tenido suerte, puesto que Catherine dudaba que Finn hubiera sido tan amable si se hubiese enterado de que era periodista. La gente tenía muchas ideas preconcebidas sobre los periodistas, normalmente negativas, y por ello Catherine nunca contaba que pertenecía a ese grupo. Al menos, no hasta que conocía bien a la persona.

Era como si hubiera cenado con su tutor de la universidad, con la diferencia de que ningún tutor de los que había tenido se parecía a Finn Delaney. Él habló de política y de religión.

—Eso es tabú —comentó ella con una sonrisa antes de beber un poco de vino.

—¿Quién lo dice?

—Aparece en cualquier libro de modales.

—¿Y a quién le importan los modales? —la retó él mirándola con provocación.

Ella sintió un fuerte deseo que hizo que se le formara un nudo de miedo y culpabilidad en la garganta.

Había conocido a más hombres atractivos otras veces, pero ninguno había tenido ese efecto sobre ella.

¿Y qué pasaba con Peter? «Peter, el hombre con el que pensabas compartir el resto de tu vida», le dijo una vocecita interior.

Catherine se movió en la silla con inquietud, pero Finn no pareció percatarse.

Estaba mirando una tarta de chocolate y no podía apartar la vista de ella.

—¿No crees que el chocolate debería llevar una advertencia para la salud? —suspiró él.

—Pensaba que la llevaba..., ¡sobre todo cuando uno come mucho!

Él chupó la cuchara con tanta sensualidad, que Catherine sintió que se derretía por dentro.

—Así que, ¿todo con moderación? ¿No? —comentó él, y la miró con picardía.

—Eso no es lo que he dicho —contestó Catherine.

Algunos hombres hacían comentarios de contenido sexual que hacían que una se disgustara. Sin embargo, Finn hacía comentarios que parecían completamente inocentes. Entonces, ¿cómo era que ella no se creía nada acerca de la moderación? Estaba segura de que en la cama sería el hombre menos moderado del planeta.

Tenía la sensación de que Peter estaba muy lejos, como si en el mundo no hubiera nada más que aquel lugar, aquella cena...

La carretera que llevaba a Glendalough transcurría por los lugares más bonitos que Catherine había visto jamás.

—Esto es maravilloso —suspiró ella.

—Hablas como si estuvieras sorprendida, pero no deberías estarlo. La belleza de Irlanda es uno de los secretos mejor guardados del mundo. ¿No lo sabías, Catherine?

—Vivo para aprender —dijo ella.

«Y cómo me gusta enseñarte», pensó Finn. El deseo se apoderó de él e hizo que pisara el acelerador con fuerza.

Ella lo intrigaba, y él no era capaz de descubrir por qué. No podía ser solo por el parecido que tenía con una mujer que había conocido hacía mucho tiempo. Ni por su carácter frío e imperturbable, ni por cómo contestaba con ironía a sus comentarios, algo que no solían hacer las mujeres. Entonces, no lo conocía. La reputación de Finn era muy importante en su tierra natal, y él estaba acostumbrado a que las mujeres, incluso las inteligentes, se quedaran intimidadas al verlo.

—¿Eres inglesa? —le preguntó de pronto, y aminoró la marcha para detenerse en Glendalough.

Ella se volvió para mirarlo.

—¡Vaya pregunta! ¡Sabes que lo soy!

—Es la mezcla de tu cabello azabache, tus ojos verdes, y la tez pálida. No es la típica combinación inglesa, ¿no crees?

Catherine desvió la mirada para ocultar su rostro. En cualquier momento, empezaría a preguntarle por sus orígenes, y ella no podría soportarlo. No porque estuviera avergonzada..., que no lo estaba. Pero en cuanto contaba que descendía de alguien a quien nunca había conocido, la actitud hacia ella cambiaba. La gente la miraba con lástima, como si estuviera afectada por las circunstancias de su crecimiento.

—Oh, soy una mezcla —le dijo—. Siempre salen especímenes de lo más interesante —lo miró a los ojos—. ¿Y tú, Finn?

—Irlandés, cien por cien —murmuró él.

La expresión de su mirada hizo que se le secara la garganta, y tuvo que forzarse para hablar.

—¿Cuándo va a empezar mi tour guiado?

—Ahora mismo —la ayudó a salir del coche y, al rozarle el antebrazo, sintió que se estremecía. Al momento, imágenes eróticas aparecieron en su cabeza. Se preguntaba si sería una amante de las que da y recibe placer en la misma medida.

En la ladera se veían algunas cruces celtas talladas en lápidas. Ella se quedó mirándolas.

—¿No te gustan las tumbas? —preguntó él.

—¿A quién le gustan? Imagino que al verlas nos planteamos lo corta que es la vida.

—Sí. Es muy corta —y si su vida estuviera a punto de terminar, ¿cómo le gustaría disfrutarla? Se fijó en sus labios y deseó sentir cómo temblaban bajo los suyos—. Vamos a dar un paseo.

Caminaron hasta que a Catherine comenzaron a dolerle las piernas.

–¿Podemos descansar un momento?

–Claro.

Se sentaron en silencio sobre una roca negra y después la llevó hasta una cafetería de piedra en la que montones de jóvenes tomaban té y comían algo que parecía pastel de fruta. No era lo que ella esperaba.

–¿Has comido eso alguna vez?

–¿Qué es? –preguntó ella.

–Patata.

–¿Solo patata? –se rio–. ¡Vaya menú para comer con un millonario!–. ¿Vas a invitarme a patata?

Él sonrió.

–Bueno... no, también hay chalota, y se sirve en un montoncito al que se le pone mantequilla derretida. Pruébalo.

Era un plato caliente y agradable.

–Está bueno –dijo Catherine.

–¿A que sí? –se miraron durante un instante–. ¿Dónde estarían los irlandeses si no tuvieran patatas?

–¿Dónde? –repitió ella pensando lo fácil que parecía la vida junto a él. Durante un momento, el estrés de su vida londinense le pareció un sueño.

Finn se acercó y ella pudo inhalar su aroma masculino.

–¿Te apetece ir a Wicklow Bay? –le preguntó.

–Sí, por favor.

Viajaron en coche por las verdes montañas hasta que llegaron al mar.

–Salgamos del coche. Desde aquí no se aprecia bien –dijo él. Permanecieron de pie y en silencio, observando cómo las olas rompían en la playa–. Mira, ¿qué te parece eso?

–¡Es maravilloso!

–¿Pero no puede compararse con Grecia?

–Al contrario, es igual de bonito. Pero más salvaje. Más primario –«como él», pensó mirándolo de reojo.

Finn se quedó contemplando el mar mientras el viento removía sus cabellos. Se volvió para mirarla y, al ver el placer que había en su mirada, se quedó sin respiración.

–¿Tienes espíritu aventurero, Catherine?

–¿Por qué lo preguntas?

–¿No has visto el mar desde las vacaciones?

–No. ¡En Londres no se ve el mar!

–¿Y sabes lo que dicen acerca de subirse a un caballo que te acaba de tirar?

–Qué tratas de decirme, Finn.

–¿Quieres que permitamos que las olas nos mojen los pies mientras caminamos por la arena? ¿Que nos quitemos los zapatos y vayamos por la orilla?

–¿Y a eso lo llamas aventura? –bromeó ella para disimular lo que sentía por dentro–. ¡Qué vida más aburrida has debido de llevar!

Se quitó las sandalias y lo miró con desafío.

–¡Vamos! ¿A qué esperas?

Estaba esperando a que se le calmara el dolor que

sentía en la entrepierna. Sonrió y se agachó para arremangarse los vaqueros, preguntándose cómo reaccionaría ella si le dijera lo que pensaba de verdad. ¿Que le gustaría que se quitara toda la ropa para hacerle el amor dentro del agua? ¡Eso sí que sería una aventura!

Catherine se adelantó y corrió hasta la orilla.

—¡Guau! —gritó cuando la espuma chocó contra sus pies y la tambaleó—. Yo me vuelvo.

—¿Ahora quién es el aventurero? —le tendió la mano—. Toma.

Ella la aceptó con timidez, pero sintiéndose segura.

—¿Sacudiéndote las telarañas? —preguntó él mientras retrocedían.

—Así es —contestó ella.

Seguían agarrados de la mano, y él imaginó que cualquiera que los viera pensaría que eran unos enamorados pasando el rato antes de irse a la cama.

Se acercó a ella y le susurró al oído:

—¿Te gustaría ver dónde vivo, Catherine?

—¿Ahora? —preguntó ella, sorprendida.

Él no había pensado ofrecérselo. Su casa era un lugar privado, pero había algo en ella que hacía que perdiera la cabeza.

—¿Por qué no? —vio que ella tenía el vello erizado, y contuvo un escalofrío al sentir que cada vez estaba más tenso—. Tienes frío. Creo que te sentará bien entrar en calor.

A Catherine le pareció la mejor invitación que le habían hecho nunca. Finn tenía razón, estaba helada. Y también, cada vez más excitada.

No era la manera en que solía comportarse, pero, ¿y qué? ¿Qué había de malo en ir a su casa?

–Sí, me encantaría, Finn. Me gustaría mucho.

# Capítulo 5

NTONCES, ¿es aquí donde vives? –preguntó Catherine con nerviosismo.

¿Qué estaba haciendo allí, sola, en el piso de un irlandés de cabello oscuro y ojos azules? ¿Esperar a que Finn la rodeara con los brazos y la besara? ¿Para descubrir que sus besos podían ser tan maravillosos como ella imaginaba?

«¿Y no es eso lo que quieres?», le preguntó su voz interior, «¿no es eso lo que anhela tu corazón y por lo que tienes las mejillas ardiendo aunque se suponía que tenías frío?».

Finn sonrió.

–Lo compré por las vistas –dijo, pero no estaba mirando por la ventana.

–Ya sé por qué –tragó saliva y apartó la vista de sus penetrantes ojos azules.

–¿Quieres que te prepare algo caliente de beber? –le preguntó.

–Ya no tengo frío.

–Entonces vamos fuera, a la terraza... se puede ver hasta muy lejos –abrió la puerta–. La luna está enorme. Tan grande como un plato de oro hecho para un rey.

Catherine reflexionó sobre cómo los hombres irlandeses tenían la habilidad de hablar con romanticismo sin estropear ni una pizca su masculinidad. Y no había mentido sobre la luna.

–Parece que está tan cerca, que se puede tocar –susurró Catherine.

–Sí.

Ella trató de concentrarse en el brillo de las estrellas y en el silencio de la ciudad. Sabía que él la estaba mirando, así que se volvió para mirarlo a los ojos.

–Es una maravilla –dijo ella.

–Sí –Finn entornó los ojos y la vio estremecerse–. ¿Tienes frío otra vez?

–Sí. No. En realidad, no.

–Haré café –dijo él. Pero al ver cómo le temblaban los labios, le preguntó–: No es café lo que tú quieres, ¿verdad, Catherine? –la abrazó.

–¡Finn! –dijo ella–. ¿Qué estás haciendo?

Él se rio y dijo:

–Solo esto. Lo que tú quieres que haga. Lo que tus ojos verdes llevan suplicándome desde el momento en que te conocí –inclinó la cabeza y la besó en los labios.

Ella se acercó a él y abrió la boca para que la besara de nuevo. Nunca había sentido algo similar, ni siquiera cuando Peter la besaba.

«¿Es esto lo que se describe en todas las revistas? ¿Es por esto por lo que *Pizazz!* tiene tantas lectoras?», pensó Catherine.

–Oh, Finn. Finn Delaney –susurró entre beso y beso.

–Naciste para ser besada, Catherine –comentó él.

–¿Ah, sí? –preguntó ella.

–Mmm –le quitó la horquilla del cabello para que la melena le cayera sobre los hombros–. Para que te hicieran el amor bajo las estrellas, con la luz de la luna acariciando tu piel dorada.

–Nunca me han hecho el amor bajo las estrellas –admitió ella.

Él sonrió y le llevó la mano junto a sus labios.

–Hace mucho frío aquí fuera, pero puedes verlas desde mi dormitorio.

Catherine no recordaba haber asentido, solo que él la tomó de la mano y la llevó al interior.

–¿Ves? –le dijo señalando las ventanas de su dormitorio.

–¡Es como el planetario de Londres! –dijo ella–. Eres afortunado.

–Mucho –respondió él, pero ambos sabían que no estaban hablando de las estrellas–. Estás muy lejos, Catherine.

–¿Sí?

–Sí, sin duda. Ven aquí.

Ella se acercó y él la tomó entre sus brazos. Le bajó la cremallera del vestido, como si lo hubiera hecho montones de veces antes.

–Debería sentir vergüenza –murmuró ella.

–¿Y no es así?

–Me has visto con menos ropa que ahora.

Pero la ropa interior era mucho más interesante que un bikini.

—Así es —dijo él—. Solo que ahora estás mucho mejor.

Agachó la cabeza para acariciarle el pecho con los labios. El pezón se puso erecto contra el encaje del sujetador.

Catherine cerró los ojos y se dejó llevar. Le rodeó el cuello con los brazos para que no la soltara.

—Oh, Finn —suspiró. Él levantó la vista y la miró—. ¿Crees que debemos hacer esto?

—Eso depende de ti, cariño —dejó de besarle el cuello—. Es el momento de decidirte. Detenme si eso es lo que quieres —¿era consciente de que estaba pidiéndole algo imposible?—. ¿Quieres que pare?

—No. Cielos, no —lo besó en la barbilla y le acarició el pecho. Se apoyó en él al sentir que le flojeaban las piernas. Cuando sintió su deseo, él se excitó aún más y cedió ante la necesidad de poseerla. Le desabrochó el sujetador, como si fueran viejos amantes, y ella lo abrazó, cubierta nada más que con unas bragas.

—Quiero hacerte el amor, Catherine —dijo él. Ella no contestó. Metió las manos bajo su camisa y le acarició la piel hasta que su respiración se volvió entrecortada—. Quiero hacerte el amor —le repitió—. Vamos a la cama —no esperó su respuesta, la llevó hasta la cama y retiró la colcha—. Acuéstate, cariño —le ordenó—. Estás tiritando —¿tiri-

tando? Estaba ardiente de deseo, y contenta por
poder observar cómo él se desnudaba poco a poco–.
Muévete –susurró él y se acostó junto a Catherine.
Le acarició el cuerpo de arriba abajo y se tumbó
sobre ella–. No, mejor, quédate donde estás.

–¿Estás dormido?

Finn abrió los ojos. No, no estaba dormido. Estaba tumbado deleitándose con el agotamiento de su
cuerpo y preguntándose qué diablos había hecho.

–Ya no –contestó con un bostezo.

–¿Te he despertado?

Finn sonrió.

–Más o menos –dijo con una sonrisa al ver sus
ojos verdes en la penumbra. Después bajó la vista al
sentir que su cuerpo estaba reaccionando de nuevo.
Catherine notó la evidencia de su miembro erecto
bajo la sábana. ¿Cómo podía haberla hecho sentir
tan bien? Entonces hizo la peor pregunta del mundo.

–¿Cómo es que nunca te has casado, Finn?

Él contuvo un suspiro. La atrajo hacia sí para que
se apoyara en su pecho.

–¿Es una propuesta? –bromeó–. Porque es un
poco pronto para ese tipo de cosas, ¿no crees?

Ella sintió la presión de su pecho contra sus senos y deseó más. Había pasado la noche haciendo el
amor con él. Conocía su cuerpo. ¿Pero qué sabía de
él? Quizá la hubiera hecho gritar su nombre una y
otra vez, pero como mujer también tenía su orgullo.

–¿Siempre eres tan esquivo? –bromeó.

–Lo soy cuando tengo otras cosas en mente. Como ahora.

–¡Finn!

–¿Mmm?

Estaba acariciándole el trasero con mucha delicadeza. Y aunque comenzó a protestar, era demasiado tarde. Él ya había introducido los dedos en su cuerpo,

–¡Finn! –exclamó de nuevo, pero su voz denotaba placer.

–¿Qué?

–Para.

–No quieres que pare.

–¡Sí que quiero!

–Entonces, ¿por qué mueves las caderas de esa forma? –le preguntó sin dejar de acariciarla.

–¡Sabes muy bien por qué! –se quejó.

–¿Sigues queriendo que pare? –se quedó quieto y se fijó en que tenía los labios entornados y los ojos entreabiertos.

–¡No! –gritó ella, y el roce de su mano fue suficiente para que sintiera que se rompía en mil pedazos.

Él la poseyó y pensó que nunca había sentido algo tan placentero. La oyó gemir una y otra vez y continuó moviéndose hasta que ambos llegaron al éxtasis. Ella se separó de él y se tumbó a su lado. Esperó hasta que recuperó el aliento y dijo:

–¡Guau!

—¡Guau! —repitió él. Estaba temblando. ¿Sería porque, a pesar de ser extraños, era la vez que mejor había hecho el amor en su vida? Se quedó mirando al techo.

Al cabo de un instante, Catherine abrió los ojos y dijo:

—Será mejor que vaya pensando en marcharme —suspiró sin darse cuenta, y se preguntó si él le rogaría que se quedara. No, los hombres como Finn Delaney nunca suplicaban.

—¿Tienes que irte?

—Me temo que sí. Tengo que tomar un avión.

—¿A qué hora?

—A las cinco.

Finn miró el reloj que llevaba en la muñeca y dijo:

—Son solo las diez. ¿Desayunarás primero? ¡Hago unos huevos deliciosos! —sonrió.

También hacía el amor estupendamente. Pero Catherine no pensaba entrar en el juego de las despedidas, y mucho menos quedarse por ahí como si fuera un cachorro desesperado porque lo mimaran.

—Nunca desayuno —dijo con naturalidad, y se sentó en la cama.

—Deberías —la amonestó él.

Quizá sí. Igual que quizá debería habérselo pensado dos veces antes de meterse en una situación como aquella.

–Un café me sentará bien. ¿Te importa si me doy una ducha?

–Por supuesto que no.

Qué extraño era pedirle permiso para algo como eso cuando ella le había entregado su cuerpo durante toda la noche. ¿Seduciría Finn a las mujeres de esa manera tan espontánea y natural muy a menudo?

Para ella había sido algo especial, pero quizá para él sólo era una de las muchas mujeres que se dejaban hechizar por su encanto irlandés y su abrumadora sexualidad.

Catherine salió de la ducha y se secó. No quería saberlo.

Salió del baño con un aspecto frío y distante y Finn pestañeó. Al verla así, no podía creer que en la cama se hubiese comportado como un gato salvaje. Sintió que una ola de deseo recorría su cuerpo y perdió toda esperanza.

Catherine recogió su bolso y se acercó a él. Se preguntaba cuántos corazones había roto en su vida. Muchos, sin duda, pero el suyo no se encontraría entre ellos.

–¿Qué pasa con el café? –preguntó con el ceño fruncido.

No se quedaría. Tenía que olvidar lo que había sucedido la noche anterior. Por lo menos le había servido para superar lo de Peter.

–Me lo tomaré en el hotel –le dedicó una fría sonrisa–. Gracias por esa tarde tan agradable, Finn

—se puso de puntillas y lo besó en la mejilla—. Una noche maravillosa también —añadió.

—El placer ha sido mío —murmuró él.

—Adiós.

Una vez más, la frialdad de Catherine lo intrigaba, sobre todo después de lo que había pasado. ¡Se comportaba como si acabaran de presentárselo en un cóctel formal! Quizá trataba de ir despacio; teniendo en cuenta lo rápidamente que había sucedido todo, quizá fuera lo mejor. Entonces, ¿por qué él deseaba volver a llevarla a la cama?

Estaba a punto de ofrecerse para llevarla al hotel cuando sonó el teléfono.

—Contesta —le dijo ella. Estaba deseando marcharse y olvidarlo todo.

—No te preocupes, está puesto el contestador...

Una voz de mujer empezó a oírse en la habitación.

—Finn, soy Aisling..., ¿dónde diablos estabas anoche?

Él se agachó y apagó el contestador. Para entonces, Catherine ya estaba en la puerta con una expresión muy seria.

—Llámame si alguna vez vas a Londres —le dijo, y se marchó sin mirar atrás. Se preguntaba quién sería Aisling, y dónde se suponía que él tenía que haber ido la noche anterior, pero recordó que su comportamiento solo le garantizaba el recuerdo de una noche inolvidable, y no el derecho a interrogarlo.

Finn se quedó observándola un momento, hasta

que el ascensor la sacó de su vida, tan rápido como había entrado.

Y se le ocurrió que no tenía ni idea de dónde vivía ella.

# Capítulo 6

CATHERINE pasó toda la tarde paseando de un lado a otro de su apartamento. Estuvo a punto de fumarse un cigarro, algo que no había hecho desde hacía tres años. Estaba convencida de que había cometido un terrible error.

Como la mente puede jugar malas pasadas, la suya se empeñaba en recordarle la imagen de un hombre de cabello moreno, con la piel bronceada y los ojos azules. ¡Ella no quería pensar en él! Y menos cuando no tenía ningún futuro. No parecía que se hubiera quedado destrozado cuando ella se marchó. Ni siquiera le pidió el número de teléfono ni le preguntó cuándo podía ir a Londres para verla.

¿Pero qué esperaba? La recompensa por haberse dejado llevar por los instintos en lugar de por la razón no iba a ser amor y respeto.

Abrió el álbum de fotos y se obligó a mirar aquellas en las que salía con Peter, pero en lugar de que la invadiera el dolor, solo sirvió para que admitiera que Finn la había transportado a un mundo de fantasía al que nunca había conseguido llegar con Peter.

¿Y qué decía eso de la larga relación que había mantenido? ¿Qué decía sobre ella?

El lunes por la mañana, nada más sentarse en su despacho, la llamó Miranda.

—¿Puedes venir ahora mismo, Catherine? Quiero hablar contigo sobre lo de Dublín.

—Claro —contestó ella—. He escrito el artículo.

—No te preocupes por eso —contestó Miranda—. ¡Ven ahora mismo!

Cuando llegó al despacho de la editora, esta la miró con curiosidad.

—¿Lo viste?

—¿A quién?

—¿A quién? ¿A quién? A Finn Delaney, ¡por supuesto!

—Ah, a él —contestó Catherine con mucha calma, a pesar de que su corazón golpeaba fuertemente contra su pecho. Se preguntaba qué diría Miranda si le contara que había pasado la mayor parte del tiempo que estuvo en Dublín haciendo el amor con Finn Delaney. Probablemente no diría gran cosa. Miranda llevaba bastante tiempo trabajando de periodista como para no asustarse por nada.

—Sí, lo he visto. ¿Por qué?

—¿Y parecía interesado en ti? Quiero decir, ¿realmente interesado en ti?

Había algo en el tono de Miranda que indicaba que no se lo preguntaba por pura curiosidad.

—Interesado, ¿en qué sentido?

—No seas tan espesa, Catherine..., ¡no es tu estilo!

Sexualmente. Románticamente. Como quieras llamarlo.

–Sin comentarios –pero Catherine se delató al ponerse colorada.

Miranda estaba cada vez más emocionada.

–¿Así que sí lo estuvo?

–¡No!

–Reconocería esa mirada de mujer en cualquier parte...

–¿Qué mirada? –preguntó Catherine.

–¡El tipo de mirada que explica cómo has pasado el fin de semana!

–Déjalo, Miranda, ¿vale? ¡No quiero hablar de ello!

–Bueno, deja que te muestre una cosa –dijo Miranda, y agarró un montón de fotos que tenía sobre el escritorio–. Puede que así cambies de opinión.

–Si son fotos de Finn, ya me las has enseñado..., ¿recuerdas? Sé que está forrado, y que es poderoso, pero si lo que buscas es una historia que contar, estás perdiendo el tiempo, Miranda.

–No..., mira –dijo Miranda, y le dio una de las fotos.

Catherine la miró y sintió que se le helaba la sangre.

Era como mirarse en un espejo. Como verse a sí misma sin verse a sí misma. La mujer que aparecía en la foto tenía el cabello negro como el azabache y unos grandes ojos verdes. También tenía una boca parecida a la suya, pero eso era todo.

–¿Quién es esta? –preguntó Catherine.

—Deirdra O'Shea —dijo Miranda—. ¿Has oído hablar de ella?

—No.

—Es un poco mayor que tú, creo..., aunque yo apenas he oído hablar de ella. Es irlandesa..., bueno, el nombre lo dice todo, ¿no? Actuó en un par de películas hace unos diez años y, desde entonces, ha vivido en Hollywood tratando de ganarse la vida como actriz. Parece tu doble, ¿verdad?

—¿Y por qué te molestas en mostrarme esto? —preguntó Catherine con la voz entrecortada.

Miranda se encogió de hombros y colocó otra foto en la mano de Catherine.

—Para decirte que era el amor de Finn Delaney.

—¿Qué quieres decir con eso?

—Él se volvió loco. Se conocieron antes de que ninguno de los dos hubiera hecho el amor, y ya sabes cómo es esa clase de amor. Salvaje y primario. Amor sin más —suspiró Miranda—. Algo real.

—¡Sigo sin comprender qué tiene que ver esto conmigo! —dijo Catherine, enfadada.

—Es un hombre al que le gusta la privacidad, ¿verdad?

—Aparentemente.

—Te conoce en una isla griega y te dice que lo llames.

—Hay mucha gente que hace ese tipo de cosas durante las vacaciones.

—Y tú vas a Dublín y pasas un apasionado fin de semana con él...

—¡Yo no he dicho eso!

—No hacía falta, Catherine..., como te dije antes, puedo verlo en tu cara —Miranda hizo una pausa—. ¿Vas a verlo de nuevo?

—No pensaba.

—¿No te lo pidió?

No, no se lo había pedido. La verdad era dura de aceptar, y Catherine decidió ponerse a la defensiva.

—Miranda..., ¿de qué diablos va todo esto? ¿Algún tipo de inquisición?

—Lo único que digo es que puede que te utilizara como sustituta de la mujer que le rompió el corazón...

Catherine abrió la boca para decirle que no era cierto. Pero, entonces, ¿cómo había sido? Él no parecía el tipo de hombre que hiciera el amor de manera apasionada a una completa extraña.

¿Cuál había sido su intención?

Al menos, ella podía achacar su comportamiento al hecho de que Peter la hubiera abandonado. Y Finn Delaney, ¿había pasado todo el tiempo imaginándose que ella era otra mujer?

¿Había estado pensando en Deirdra cuando le decía que tener un cuerpo como el suyo era un delito contra la sociedad? ¿Había imaginado que era el cuerpo de otra mujer mientras la estaba poseyendo?

La había seducido para llevarla a la cama, le había hecho el amor y, después, se había separado de ella sin mayor preocupación.

Ni siquiera le había pedido el número de teléfono.

Volvió a la realidad y vio que Miranda la miraba con ternura.

—¿Por qué no me lo cuentas todo? —le sugirió Miranda.

—¡Oh, Miranda! —exclamó Catherine con los ojos llenos de lágrimas y los labios temblorosos—. ¡He sido tan estúpida!

—¿Quieres contarme lo que pasó?

Necesitaba contárselo a alguien. Descargar su culpabilidad. Buscar el sentido a todo lo que había sucedido. El recuerdo de cómo habían traicionado a su madre hizo que ella se sintiera identificada.

—No hay nada que contar.

—Inténtalo.

—Quizá reaccioné así por lo de Peter... no sé... solo sé que me he comportado de una manera que no es habitual en mí.

—¿Te acostaste con él?

Catherine asintió.

—Sí, ¡me acosté con él! Caí entre sus brazos como caen las ciruelas maduras de los árboles. Pasé la noche con él. ¡Aún no puedo creerlo! Salí tres años con Peter y nunca miré a otro hombre. Y antes de él, solo hubo otro hombre importante en mi vida. Estaba demasiado ocupada con mi carrera como para fijarme en ellos. Y nunca, nunca, me había comportado con tanta libertad. Ni siquiera con Peter.

Con Peter había sido justo lo contrario. Él se extrañaba de que le hubiera costado tanto tiempo llegar a tener una relación íntima con ella. Decía que era raro encontrar una mujer que fuera tan difícil de conseguir. Pero después de lo que su madre había pasado, Catherine había aprendido que lo más importante era que la respetaran.

Se preguntaba qué pensaría Finn Delaney sobre ella después de cómo se había comportado.

—Quizá Finn Delaney tenga algo especial.

—¡Claro que tiene algo especial! —exclamó Catherine—. Mucho encanto y atractivo sexual... ¡y la habilidad de parecerle irresistible a las mujeres!

—Eso es un buen testimonio, Catherine —murmuró Miranda—. ¿Deduzco que fue un buen amante?

—El mejor —dijo Catherine sin pensar—. Fue algo increíble.

Hubo un largo silencio.

—Lo superarás —dijo Miranda al fin.

Catherine la miró con brillo en los ojos.

—Lo haré —le dijo—. No me queda otra opción, ¿verdad?

Finn entornó los ojos mientras miraba los nombres que aparecían junto a los timbres.

«Walker. Apartamento tres», leyó para sí. Se cambió el ramo de flores a la otra mano y llamó al timbre.

Dentro del apartamento sonó el timbre y Catherine frunció el ceño. No se imaginaba quién podía ir a verla sin avisar justo la semana en que lo había perdido todo. La autoestima, el orgullo, y el trabajo.

Miranda ni se avergonzó cuando Catherine entró en su despacho y tiró la última copia de *Pizazz!* sobre la mesa.

–¿Qué diablos significa esto, Miranda? –le preguntó.

–¿No te gusta el artículo? –le preguntó ella con cara de inocente–. Creo que hemos sido justas con Dublín.

–No me refiero al artículo de Dublín, y lo sabes.

–Sí –le dijo con desafío–. La historia era demasiado buena como para no contarla.

–¡Pero no había ninguna historia, Miranda! –protestó Catherine–. Sabes que no –pero sí que la había, y ese era el truco más viejo del periodismo. Ser creativo con unos hechos concretos.

Lo único que Miranda sabía era que Catherine había pasado una noche salvaje con Finn Delaney y que él no le había pedido que se volvieran a ver. Miranda había descubierto que Catherine se parecía mucho a una ex novia de Finn, y con eso escribió un terrible artículo sobre Finn que colocó justo debajo del de Dublín.

En él, lo describía como un amante increíble y sugería que su apetito sexual era tan potente como su necesidad por triunfar en la vida. Incluso describía las vistas de su dormitorio, y eso no se lo había contado Catherine. El nombre de ella no aparecía, pero no hacía falta; Catherine lo sabía, y muchas otras personas lo adivinaron.

Se sorprendió al no saber nada de Finn Delaney, y se alegraba de que la revista no fuera muy conocida al otro lado del charco.

—Me has decepcionado, Miranda —le dijo a la editora—. ¡Has puesto en peligro mi integridad como periodista! Debería ir a la Comisión de Quejas de Prensa, igual que Finn Delaney, si es que algún día lo lee y tiene una pizca de sentido común.

—¡Pero lo he hecho por el bien de los ciudadanos! —dijo Miranda—. Un hombre que podría gobernar el país..., ¡es nuestro deber informar a nuestros lectores acerca de cómo es en realidad!

—¡No tienes ni idea de cómo es! —dijo Catherine, aunque, en realidad, ella tampoco—. ¡Has conseguido que parezca un simple semental que tiene el cerebro en la delantera de los pantalones!

Y con esas palabras, Catherine soltó la carta de renuncia y salió del despacho hacia un futuro incierto.

El timbre sonó de nuevo.

¿Quién diablos la molestaba a esas horas de la mañana? Un sábado, a las nueve, la mayoría de la gente estaba en la cama, ¿no?

—¿Hola? —dijo por el telefonillo.

Abajo, con el aroma de las flores junto a su rostro, Finn sintió que se estaba poniendo nervioso. Había ido a esas horas para asegurarse de que estaría en casa, y había tenido suerte.

—¿Catherine?

Catherine experimentó un torbellino de emociones al oír su voz.

«¿Finn?»

«Finn».

«¿Aquí?»

¡Debía de haber leído el artículo!

Catherine apoyó la frente contra la puerta y cerró los ojos. ¿Por qué diablos había contestado al telefonillo? Él sabía que estaba en casa, y no podía evitarlo para que se fuera...

Abrió los ojos. Era probable que Finn Delaney hubiera ido a cantarle las cuarenta. A decirle lo que pensaba de las mujeres que contaban sus historias privadas a las revistas.

–¿Catherine?

–Su... sube, Finn.

Repitió sus palabras mientras subía en el ascensor. Por supuesto, todo lo que ella iba a decirle iría aderezado con un fuerte componente sexual... al fin y al cabo, eso era todo lo que habían compartido.

Sexo.

Aun así, Finn se puso nervioso sólo con pensar en ello.

Catherine tuvo el tiempo suficiente como para cepillarse los dientes y el pelo. Llevaba una camiseta grande que le llegaba hasta las rodillas, pero no tenía tiempo de cambiarse. Se miró en el espejo. Al menos no podría acusarla de parecer una mujer fatal.

Al oír que se abría la puerta del ascensor, palideció.

Abrió la puerta antes de que él llamara, y lo primero que pensó Finn fue en lo pálida que estaba sin maquillaje. Después se percató de que la camiseta no hacía nada para ocultar sus pezones erectos. Él también sintió que se excitaba al verla.

–¡Qué alegría de verte! –dijo ella. Su corazón comenzó a latir con fuerza, y se puso tensa al no saber cómo iba a reaccionar él.

Vio que llevaba un ramo de flores en la mano. Flores extrañas, pero bonitas. Unas que no había visto nunca.

Finn se encogió de hombros y dijo:

–Lo siento. Sé que no es una buena hora para venir. Parece que te he sacado de la cama.

Catherine se sonrojó al oír sus palabras.

–No, no..., llevo horas levantada –era verdad. Desde que regresó de Dublín apenas había dormido más de dos horas seguidas.

–¿No vas a invitarme a pasar, Catherine?

–¿Quieres entrar? –preguntó ella como una idiota.

–¿Es así como reaccionas cuando tus amantes aparecen en tu casa con un ramo de flores?

Le entregó el ramo, pero ella apenas se fijó en las flores. Solo podía pensar en las palabras que él acababa de pronunciar.

«Amantes».

No había hablado en pasado. Y eso significaba dos cosas: que no había leído el artículo, y que, a lo mejor, quería continuar lo que habían dejado a medias en Irlanda. Pero, ¿y ella?

¡Ella también! Nada más verlo, se imaginó un mundo de fantasía en el que solo estaban Finn y ella.

–¿Son para mí? –preguntó sin pensar.

Finn arqueó las cejas.

–¿Crees que soy tan insensato como para venir con las flores de otra mujer?

–Supongo que no –sonrió ella–. Pasa –le dijo, e inhaló el aroma de las flores–. Son preciosas. Preciosas. Y poco comunes –lo miró–. ¿Qué son?

–Flores de azahar.

Ella sonrió y dijo:

–Voy a ponerlas en agua..., por favor, ponte como si estuvieras en tu casa –dijo, y se marchó a la cocina.

Finn paseó de un lado a otro del salón como un tigre enjaulado. Se fijó en la decoración y en que las cortinas todavía estaban echadas. No había nada que le dijera mucho acerca de la verdadera Catherine Walker. Se detuvo al ver que ella entraba con un jarrón en la mano y lo colocaba sobre la mesa.

–¿Quieres un café?

Él negó con la cabeza y se acercó a ella. La tomó entre sus brazos y le dijo:

–No he venido a tomar café.

Catherine se disponía a decirle algo cuando él inclinó la cabeza y la besó de manera apasionada. Ella no se resistió. ¿Cuánto tiempo había pasado? Cuatro semanas que parecían una eternidad...

–Cielos, Finn...

–¿Qué? –le acarició los senos con decisión, disfrutando al ver cómo se endurecían los pezones al presionarlos con la palma de la mano.

Estar entre los brazos de Finn era mejor de lo que ella recordaba, y el placer que la invadía hizo que se olvidara de todo menos de lo que deseaba.

—¿Mmm? ¿Qué decías?

—¿Yo? No lo recuerdo —Catherine metió la mano bajo el jersey para acariciarle la piel—. Me alegro tanto de verte.

—Y yo a ti. Este era el recibimiento que esperaba —retiró la boca de la de ella y la miró fijamente—. Mi única queja es que no te estoy viendo entera, Catherine. ¿Crees que ha llegado el momento de solucionarlo?

Con un solo movimiento, le quitó la camiseta y la tiró al suelo. Ella se quedó desnuda ante sus ojos.

—¡Finn! —sintió el aire frío sobre su cuerpo acalorado. Él le acarició los pezones con los labios y ella comenzó a temblar—. ¡Oh, cielos!

Ese gemido de deseo hizo que Finn se excitara aún más. Se quitó la sudadera, los zapatos y se desabrochó el pantalón.

—Quítamelos —le ordenó.

Catherine se arrodilló ante él y le bajó los pantalones. Después hundió su rostro en el puro centro de su masculinidad y comenzó a acariciarlo con la lengua. Él gimió.

—¿Siempre eres así? —preguntó él. Terminó de quitarse los pantalones y tumbó a Catherine sobre la alfombra, colocándose a su lado.

—¿Cómo? —preguntó ella mientras le mordisqueaba los pezones.

—Así de receptiva.

«Solo contigo», pensó ella.

Finn se colocó encima de Catherine y metió la mano entre sus muslos.

—Catherine, te deseo tanto —le acarició la zona más húmeda de su cuerpo hasta que estuvo preparada para que la poseyera. Introdujo su miembro viril y se movió una y otra vez hasta que ella gimió de placer.

—¿Te gusta? Porque... ¡a mí me encanta! —ella se abandonó perdiendo por completo el control de la situación—. ¿Te gusta, Catherine? —insistió.

—Eres increíble —dijo ella—. Increíble.

Ocurrió muy deprisa, y el orgasmo hizo que Catherine sintiera que explotaba el mundo. Durante un instante, permaneció perdida en un mundo maravilloso de sensaciones. Sonrió, y poco a poco regresó a la realidad. Era cierto que estaba tumbada junto a Finn, y posible que estuvieran así todo el día... quizá todo el fin de semana.

Harían otras cosas aparte de hacer el amor. Ella le haría la comida, y después lo llevaría a dar un paseo por el parque. Quizá podían ir al cine, a cenar... Tarde o temprano tendría que contarle lo de su trabajo y, probablemente, el incidente del artículo, pero estaba segura de que podría enfrentarse a ello.

—¡Mmm! —exclamó ella.

Al oírla, Finn se estremeció.

La soltó y se separó de ella.

–¿Qué haces? –murmuró medio dormida al ver que recogía sus vaqueros.

–¿Tú qué crees? Vestirme.

Antes de contestar, se puso los pantalones y se los abrochó. De pronto, cambió la expresión de su rostro. Se convirtió en alguien que ella no reconocía, con una voz que tampoco recordaba.

–¿Dónde vas?

–Creo que eso no es asunto tuyo, ¿no?

Catherine se sentó de golpe. Pensó que no lo había entendido bien.

–¿Qué?

–¿He de repetírtelo otra vez, Catherine? He dicho que no es asunto tuyo. ¿Comprendido? –se puso los zapatos y el jersey.

Catherine trató de comprender lo que estaba pasando.

–Finn, no entiendo nada...

–¿Ah, no? –le preguntó con una gélida mirada–. Entonces no puedes ser muy buena en tu trabajo. Si no tienes la capacidad de comprender lo que significa una frase como esa...

Estaba claro. Su trabajo. Eso era. ¡Su maldito trabajo! ¡Había leído el artículo!

–Finn, quiero darte una explicación...

–Oh, por favor..., ahórrame tus mentiras. ¡No te molestes!

Al recordar que estaba completamente desnuda, Catherine agarró la camiseta y se la puso.

—Me debes la oportunidad de explicarte lo que pasó —le dijo en voz baja.

—¡Yo no te debo nada! —soltó él—. Es más, al contrario. Creo que en vista de que no he cobrado nada por un artículo que yo no autoricé, ¡puedo cobrarme el precio en especies!

Catherine tardó un instante en asimilar sus palabras, pero cuando lo hizo, se sintió fatal. Lo peor era la mirada de sus ojos azules...

Tragó saliva e intentó hablar.

—Quieres... quieres decir que has venido hasta aquí a propósito para acostarte conmigo...

—Claro —contestó él con arrogancia—. No ha sido difícil..., pero, ¿por qué iba a serlo? Ha sido tan fácil como la última vez.

Catherine deseaba golpearlo, gritarle..., pero se contuvo.

—¿Todo para vengarte por el estúpido artículo de la revista?

—¿El estúpido artículo de la revista? Puede que sea estúpido para ti, cariño, pero ha tirado mi credibilidad por los suelos.

—¿Quieres decir que querías permanecer impoluto porque esperabas presentarte como candidato al gobierno?

—¡Eso no tiene nada que ver! ¡Hay gente que me etiqueta por cosas que yo no me he buscado. La política no me importa tanto, ¡pero me preocupa lo que mi familia y mis amigos puedan leer sobre mí!

—¿Y las flores? Una farsa muy elaborada, Finn

–dijo ella con amargura–. ¿Tenías que tomarte tantas molestias para asegurarte de que me seducirías? ¿Pensabas que tu capacidad de persuasión estaba disminuyendo?

–No he dudado de eso ni un momento, cariño –dijo él. De pronto, suavizó el tono de su voz–. No, el ramo era para mandarte un mensaje silencioso –ella lo miró sin comprender nada–. ¿Nunca has oído hablar del lenguaje de las flores, Catherine? –ella negó con la cabeza–. Cada flor lleva su propio mensaje –continuó.

–¿Y las de azahar? –preguntó con voz temblorosa–. ¿Esas qué significan?

–¿No lo adivinas? –arqueó las cejas–. ¿No lo sabes, Catherine? Engaño –dijo con una sonrisa cruel. Catherine sintió como si le clavaran un cuchillo en el corazón–. Dime una cosa, cuando viniste a Dublín, ¿te envió tu editora? ¿Fue una coincidencia? ¿O ella te dijo que escribieras algo sobre mí?

–Bueno, sí me lo dijo, pero...

–¿Pero qué? El artículo se escribió solo, ¿no es así?

Ella quería decirle: ¡no fue así! Pero sabía que no había palabra que pudiera arreglar esa situación.

–Vete, por favor.

Pero Finn ya estaba en la puerta.

–Nada me dará más placer –contestó.

Y sin más, se marchó.

# Capítulo 7

EN EL MOMENTO que Finn cerró la puerta, Catherine sacó las flores del jarrón, las llevó al fregadero de la cocina y las estrujó golpeándolas con un rodillo hasta que quedaron como una pasta.

«Esto debería aliviar mi frustración», pensó. Se sentía frustrada por cómo habían tenido lugar los acontecimientos que la llevaron hasta esa situación. El hombre del que se había enamorado nunca volvería a confiar en ella.

«Pero ni siquiera me ha dado la oportunidad de darle una explicación», recordó. Y en aquellos momentos, no se acordó de preguntarle por Deirdra O'Shea. «Finn Delaney tampoco es un santo», pensó. Y había un motivo por el que ella había sido tan indiscreta con Miranda.

Las lágrimas comenzaron a rodar por sus mejillas justo en el momento en que sonó el teléfono.

Catherine se apresuró a contestar pensando que a lo mejor Finn había cambiado de opinión y llamaba para disculparse.

—¿Diga?

Era su madre.

—¿Catherine? ¿Estás bien?

Se secó las lágrimas con la mano.

—Claro que estoy bien, mamá.

—Pues no lo parece —su madre parecía preocupada.

—¿Estás llorando?

—No.

—¿No? ¿No quieres hablar de ello?

—¡No puedo! ¡Me odiarías por lo que he hecho!

—Catherine, ya vale. Dime lo que ha pasado.

Estaba tan nerviosa que le contó todo sin parar, aunque había modificado la historia un poco para que su madre no se preocupara tanto. Catherine no le dijo que apenas conocía al hombre. Le contó la esencia del problema, que había actuado como una tonta, que se había metido en una relación nada más terminar con Peter y que también esa relación había terminado.

—¡Oh, mamá! —se quejó—. ¿Cómo he podido hacerlo?

—Lo has hecho por despecho. Mucha gente lo hace. ¡No es el fin del mundo! Intenta olvidarte de todo.

—¡Y hace meses que no veo a Peter! —no quería que su madre pensara que pasaba de un amante a otro.

—¡No te estoy juzgando, cariño! Sé qué clase de persona eres. Y nunca he dudado de ti ni un momento. ¿Quién es ese hombre? ¿Está casado?

Catherine sintió que su madre le hablaba con cierta dureza. Eso le dolía. Ella también había sufrido mucho. Enamorarse de un hombre casado solo le había aportado dolor. Y un bebé, claro. No debía olvidar el bebé. Catherine había sido uno de esos niños que nunca han conocido a su padre.

—No, no está casado.

—¡Menos mal!

—No debería habértelo contado. Ahora estás preocupada, mamá.

—Me preocupa más el hecho de que ya no tienes trabajo. ¿Has tenido suerte ofreciéndote como *free lance*?

—No he estado buscando...

—Será mejor que empieces, Catherine..., tienes que tener un techo donde cobijarte, comida que llevarte a la boca y ropa para cubrirte, ¿recuerdas?

Sí, lo recordaba bien. Desde muy pequeña, su madre la había enseñado a ser independiente, ya que ella también había tenido que salir adelante sola y con una hija.

—Encontraré algo. Tengo muchos contactos.

—¿Por qué no vienes este fin de semana? Me encantaría verte.

Catherine dudó un instante. No podía pensar en nada mejor que escapar hasta la casa de su madre, rodeada de árboles y campo. En otras circunstancias, habría salido corriendo a la estación de tren. Pero no estaba en circunstancias normales. Miró disgustada la camiseta grande que llevaba puesta.

–No, mamá –contestó–. Tengo muchas cosas que hacer aquí. Quizá el próximo fin de semana.

–De acuerdo, cariño. Te cuidarás, ¿verdad?

–¡Por supuesto que sí!

Durante las semanas siguientes, Catherine recordó las palabras de su madre mientras buscaba trabajo en diferentes publicaciones. Algunas personas conocían su trabajo, lo respetaban, y estarían dispuestos a contratarla. Pero el mercado estaba lleno de periodistas que trabajaban como *free lance* y Catherine sabía que tendría que esforzarse mucho para competir con ellos. De pronto, el trabajo que tenía en *Pizazz!* le parecía estupendo, y se preguntaba por qué lo había despreciado.

De todos modos, había perdido a Finn, aunque realmente nunca lo había tenido.

¿Y qué más le había dicho su madre?

–«Cuídate».

¿Sabía que el estrés que padecía Catherine tendría consecuencias físicas? Por ejemplo, le había alterado el apetito. De pronto, sentía náuseas y solo de pensar en comida se ponía enferma. Después se moría de hambre y se atiborraba a galletas.

Hasta que Sally, su mejor amiga de *Pizazz!*, no le comentó que estaba ganando peso, Catherine no quiso darse cuenta de la realidad. Cuando su amiga se marchó de su casa, ella corrió a mirarse en el espejo. No se le había ocurrido que podía estar embarazada.

Al día siguiente se hizo la prueba de embarazo y, cuando lo confirmó, ya no pudo achacar los síntomas al estrés.

La luz azul era real. Igual que el periodo que no había tenido, las náuseas, el comer de manera compulsiva...

Catherine respiró hondo y se abrazó.

«¿Y ahora qué?», pensó. No podía ser cierto.

Trató de negar lo evidente y pasó los días investigando para un artículo. Estuvo negándolo hasta Navidad, cuando una mañana se levantó para vomitar y al verse en el espejo admitió que estaba embarazada de Finn Delaney.

Un hombre al que apenas conocía y que la odiaba. Un hombre que había salido de su vida con intención de no volver a verla.

Iba a tener un bebé.

Concertó una cita con el médico.

—Estás embarazada, pero te encuentras muy bien —el médico frunció el ceño—. Debías haber venido antes a verme, ¿sabes?

—Lo sé.

—¿Y vas a continuar con el embarazo? Porque si no...

Catherine ni siquiera se había planteado esa posibilidad. Estaba segura de lo que quería, pero se sentía asustada.

—Oh, sí. Por supuesto.

—¿Y el padre? ¿Podrá mantenerte?

—No espero que lo haga. Ya... ya no estamos juntos.

—¿Pero se lo dirás?

—No lo sé.

—Un hombre tiene derecho a saber que va a ser padre, Catherine.

Catherine regresó a su casa caminando, sin importarle la llovizna que poco a poco mojaba su ropa. No podía olvidar la pregunta del doctor. ¿Debía decírselo a Finn? ¿Tenía derecho a saber que iba a ser padre?

Se sentó en el salón con una taza de té. Pensó en la posibilidad de guardar el secreto y no contarle nunca que dentro de su vientre llevaba a su hijo. Pero, ¿y él niño? ¿Iba a someterlo a lo mismo que ella tuvo que soportar? ¿A la inseguridad de no saber quién era su padre?

¿Y si descolgaba el teléfono para llamarlo? ¿Si le escribía una carta contándole el resultado del momento de locura que habían compartido? Imposible.

El sol empezó a ocultarse y Catherine dejó la taza en el fregadero. No fue capaz de contener las lágrimas. Lloraba por la nueva vida que llevaba en su interior. ¿Por qué tenía que sufrir un bebé porque dos adultos hubieran actuado sin pensar?

Necesitaba valor, más valor de lo que nunca había necesitado, porque solo había una manera de decírselo a Finn.

Cara a cara.

# Capítulo 8

**D**EJO pasar a la señorita Walker, Finn.
–Gracias, Sandra –Finn contestó por el intercomunicador y esperó a que Catherine entrara en su despacho con una expresión enigmática en su mirada. Vestía un abrigo de terciopelo negro que contrastaba con su tez pálida y la hacía parecer una hechicera.

–Pasa, Catherine –dijo él, y se puso en pie–. Cierra la puerta cuando entres –¡como si ella quisiera que la secretaria oyera lo que estaba a punto de decirle!–. Siéntate, ¿no? –él tomó asiento y señaló la silla que tenía enfrente.

–Si no te importa, me quedo de pie. Llevo mucho tiempo sentada en el avión y en el taxi –dijo ella–. Me sorprende que aceptaras verme.

–A mí me sorprende que quisieras venir.

La expresión de su rostro era muy fría. La mujer que tenía delante no era la misma que había conocido antes.

La Catherine que estaba allí había ido a decirle la verdad. Finn la observó mientras esperaba a que hablara, tratando de averiguar por qué le parecía diferente. No solo era la palidez de su rostro, sino algo oculto que no podía concretar. Estaba seguro de que una mujer como Catherine tenía su orgullo. Un orgullo que no le dejaría tiempo para tratar con un hombre que se había comportado como él había hecho. Sin embargo, ella lo había llamado para hablar con él, en persona.

–Soy todo tuyo, Catherine –dijo, y se arrepintió enseguida por lo irónicas que podían parecer sus palabras.

–Estoy embarazada –dijo ella.

Hubo un largo silencio, pero el rostro de Finn permaneció inalterable.

–Ya veo.

–¡Es tuyo! –exclamó ella deseando ver algo de vida en su cara.

–Sí.

Catherine lo miró, y sintió que le flojeaban las piernas. Se sentó en la silla y lo miró asombrada.

–¿No vas a negarlo?

–¿Y qué sentido tendría? No puedo imaginarme que yo fuera tu primera elección como padre para tu hijo. Lo que hubo entre nosotros no puede llamarse la mejor relación del mundo, ¿no? Entonces, ¿por qué ibas a mentir sobre algo tan importante como eso? Y si no estás mintiendo, la conclusión lógica es que estás diciendo la verdad.

Era un comentario frío, pero le hizo más daño que si hubiera perdido los papeles y la hubiera echado de su despacho y de su vida.

Al menos, habría mostrado sus sentimientos. Algo más que la fría y distante mirada de sus ojos azules.

—No pareces sorprendido —dijo ella.

—Un caso simple de causa y efecto.

—¡Qué cínico, Finn!

—Cínico, pero cierto —se burló él, y respiró hondo al recordar la tempestuosa mañana que pasaron en su apartamento de Londres—. Supongo que eso es lo que ocurre cuando uno se olvida de ponerse un preservativo.

Catherine se estremeció como si le hubiera pegado. El dolor que sentía en su corazón era muy intenso. Recordó el ardiente deseo que había sentido por él y, supuestamente, él por ella.

Aquel día había ido a su casa para seducirla, pero no utilizó protección, y ella había estado demasiado hechizada como para darse cuenta.

—¿La falta de cuidado fue simplemente omisión por tu parte? —le preguntó ella.

—¿Tú qué crees? —preguntó él—. ¿Que lo hice a propósito? ¿Que deseaba que tuviéramos esta situación? —la miró a los ojos—. ¿Qué estaba yo pensando? —soltó una carcajada—. Ese es el problema, Catherine..., te deseaba tanto que ni siquiera podía pensar.

—El deseo alimentado por el desprecio —comentó ella.

—¿Y cuándo es el...? —le tembló un poco la voz. Bajó la vista y Catherine pensó que era la primera vez que mostraba algo de sentimiento–. ¿Cuándo se espera que nazca?

–No están seguros.

La miró de forma inquisitiva. Pidiéndole en silencio que le diera una explicación. Y por supuesto, se la merecía.

–No estoy segura de las fechas. Creen que será para junio.

–Junio –miró hacia las ventanas–. ¿Así que seré padre algún día de junio?

–No necesariamente.

Esa vez fue él el que se puso tenso. Parecía afligido, y Catherine se percató de que había malinterpretado sus palabras.

–¡No, no, no! No quería decir eso. Lo que quiero decir es que no tienes por qué ocuparte del bebé. No, si tú no quieres –él no había buscado tener un hijo, y por tanto no debía estar obligado a ello.

–¿Para qué has venido, Catherine? ¿Lo que quieres es dinero?

Su comentario le sentó como una bofetada, y Catherine palideció mientras trataba de ponerse en pie. Era como si sus piernas no tuvieran fuerza. ¿Qué más dolor podía causarle?

–¿Cómo te atreves a decir eso? –le dijo muy enfadada–. Puede que seas un hombre de negocios rico y poderoso, pero si crees que he venido hasta aquí para suplicar tu generosidad, ¡estás muy equivocado, Finn Delaney!

–Entonces, ¿qué es lo que quieres? ¿Una alianza en tu dedo?

–¡Ni loca! Por muy raro que parezca, ¡no quiero atarme a un hombre que piensa tan mal de mí y que cree que utilizaría a mi hijo como una mercancía! He venido a contarte lo del bebé solo porque creía que, como ser inteligente, te gustaría aceptar tu parte de responsabilidad sobre lo que ha pasado.

–Catherine...

–¡No! –la ira le estaba dando fuerza..., energía reconstituyente–. Has dejado muy clara tu postura. No te preocupes, ¡no volveré a molestarte!

–Imagino que siempre podrás vender tu historia al mejor postor –dijo él, y se agachó de pronto al ver que algo cruzaba volando la habitación.

Catherine había lanzado lo primero que había encontrado a mano, y resultó ser un pesado pisapapeles que chocó contra la pared y se rompió en millones de pedazos.

Se abrió la puerta del despacho y entró Sandra, la secretaria.

–¡Oh, cielos! ¿Está todo bien, Finn? –le preguntó–. ¿Quieres que llame a seguridad? ¿A la policía?

Pero Finn estaba riéndose.

–No, no..., déjalo, Sandra –contestó–. No pasa nada. La señorita Walker está practicando su puntería.

–¡Pero por desgracia he fallado! –dijo Catherine, y se puso en pie.

—Eso es todo, Sandra, gracias —dijo Finn enseguida.

Sandra lo miró antes de salir del despacho y cerró la puerta tras de sí, justo cuando Catherine se dirigía hacia ella.

Pero Finn fue más rápido y la agarró de los hombros.

—¡Tú no vas a ningún sitio!

—¡Suéltame!

—No —la retiró de la puerta e hizo que se volviera. Estaba muy enfadada—. Podías haberme matado.

—¡No estaba apuntándote! ¡Pero ojalá lo hubiera hecho!

—¿Y dejar a tu hijo sin padre?

—¡No estás hecho para ser padre!

Finn se fijó en lo pálida que estaba y cambió de estrategia. Al fin y al cabo, estaba embarazada, y todo aquello no debía sentarle muy bien.

—Ven, siéntate y toma un poco de té.

—¡No quiero té! ¡Quiero irme a casa!

—¿A Londres? Creo que no. No estás en condiciones de tomar el vuelo de regreso. En tu estado, no.

Fueron esas palabras las que rompieron la barrera con la que intentaba proteger su corazón. «En tu estado». Alguien debía habérselas dicho con amor. Un marido que la adorara, que quisiera acariciar su espalda y esperar a que naciera el bebé. No un hombre que se había acostado con ella por venganza y que no había pensado en las consecuencias de su acción.

Aunque ella tampoco.

Y sin embargo, estaba a punto de hacer lo que había prometido que nunca haría. Convertirse en madre soltera, con toda la carga emocional y económica que eso suponía.

Catherine pensó en su infancia. Su madre trabajaba en dos o tres sitios a la vez para poder llegar a fin de mes y para que Catherine no se sintiera diferente a los otros niños. Por supuesto, se había sentido diferente, ya que los otros niños se habían encargado de ello. Deseaba que su madre conociera a otro hombre, pero cuando lo hizo, él consideró que Catherine era un estorbo. Alguien que estaba en medio de la relación. No se había portado muy mal, pero Catherine sentía la hostilidad en su mirada y eso la asustaba.

Su madre también debió de notarlo porque un día, al recoger a Catherine del colegio, estaba temblando y le dijo que ya no iba a casarse con Johnny. Catherine se rio, abrazó a su madre y se fueron juntas a merendar. Nunca más volvieron a mencionar su nombre.

¿Cuántas veces había deseado compensar a su madre por todo el trabajo y sacrificio que había hecho por ella? ¿Cuántas veces había soñado en convertirse en la mejor periodista del país? Quizá, algún día, escribiera una novela, un *best seller*, y con el dinero compraría la casa de su madre para asegurarse de que tuviera un sitio donde retirarse cuando fuera mayor.

Sin embargo, acababa de destruir sus ilusiones. Y las de su madre.

Quería marcharse y esconderse en un rincón oscuro, pero Finn estaba bloqueando la puerta.

—¿No vas a dejar que me marche?

—¿Tú qué crees?

—Si grito, llamarán a seguridad y creerán que estabas abusando de mí.

—Siéntate, Catherine.

—No, no quiero.

—Siéntate, por favor. ¿O es que tengo que tomarte en brazos y sentarte a la fuerza?

Catherine no tenía fuerzas para resistir. Dio un suspiro y obedeció. Al fin y al cabo, era lo que más le apetecía hacer en esos momentos. Aunque tumbarse habría estado mucho mejor.

Cerró los ojos.

—Vete —murmuró—. Déjame en paz.

—Te falla la lógica. Este es mi despacho —llamó por el interfono—. Sandra, ¿puedes traernos un té? Que esté muy fuerte. ¿Y algo de comer?

—¿Tu tarta de chocolate favorita, Finn?

—Algo más nutritivo que una tarta —contestó él—. Un sándwich enorme con proteína en el centro.

—¿No has comido, Finn?

—¡Vamos, Sandra, por favor!

—¡Ahora mismo! —contestó la secretaria.

Finn miró a Catherine con severidad. Ella seguía sentada y con los ojos cerrados.

—¿Estás dormida?

—No. ¡Solo trato de olvidar la imagen de tu rostro!

—¿Y si el bebé se parece a mí? ¿No sería un gran problema?

Catherine abrió los ojos y se quedó inmóvil al ver lo atractivo que estaba.

—Espero que sea una niña —dijo ella—. ¡Y que se parezca lo menos posible a ti! Y si él o ella se parece a ti...

—¿Sí?

—¡Los querré igual! Puede que no tenga mucho que ofrecerles, ¡pero puedo darles todo mi amor, Finn Delaney! ¿Vas a dejar que me marche? ¿O estoy prisionera?

—No vas a irte a ningún sitio hasta que te tranquilices.

—Entonces mantente alejado de mí... ¡es la única manera!

Llamaron a la puerta.

—Adelante, Sandra —dijo Finn. Sandra dejó la bandeja sobre una mesita que había en una esquina.

—¿Necesitas algo más, Finn?

—No, gracias, Sandra.

—De nada.

Finn percibió sarcasmo en las palabras de la secretaria. No era para menos. Sandra llevaba años trabajando con él y estaba acostumbrada a que resolviera los problemas con frialdad e indiferencia.

—¿Catherine?

—¿Qué?

—¿Tomas azúcar?

Ella lo miró furiosa.

–Qué mundo más raro, ¿verdad, Finn? Llevo a tu hijo en mi vientre y ¡ni siquiera sabes si tomo el té con azúcar! ¡O leche!

–Entonces, ¿tomas o no tomas?

–Normalmente no, ¡pero hoy tomaré dos cucharaditas! Y leche. Mucha leche.

Finn le sirvió el té y le dio el sándwich.

–No quiero nada de comer.

–Tú decides.

Pero el pan con jamón tenía un aspecto muy apetecible y Catherine recordó que no había comido nada desde la noche anterior. Agarró el sándwich y le dio un mordisco mirando a Finn con desafío, por si se atrevía a decir algo. Él tomó su taza de té y se sentó frente a ella sin decir nada.

Esperó a que se terminara el sándwich y se alivió al ver que la comida había servido para que Catherine recuperara el color de sus mejillas.

–¿Y ahora qué? ¿Dónde vamos a partir de aquí?

–Ya te lo he dicho..., yo regreso a Londres.

–Me temo que no. No puedes llamar a mi puerta, darme una noticia como esa y marcharte de nuevo.

–¡No puedes detenerme!

–No, no puedo. Pero todavía no me has dicho por qué has venido hasta aquí.

–Creía que era algo evidente.

–No. Podías haberme llamado. O haberme enviado una carta –la retó con la mirada–. ¿Por qué no lo hiciste?

–No estaba segura de que fueras a creerme.

–¿Creías que sería más fácil convencerme diciéndomelo en persona? –frunció el ceño–. ¿Por qué? No se nota que estás embarazada –Catherine se abrió el abrigo y miró a Finn con desafío. Él se quedó de piedra.

La curva de la maternidad se hacía evidente en su cuerpo delgado.

–Sabía que tenía que decírtelo cara a cara y mostrarte que es cierto –dijo ella–. Además, no es la cosa más fácil del mundo para escribir.

–¿Ni siquiera para una periodista? –preguntó él con sarcasmo.

–Ni siquiera –repitió ella, y al sentir que las lágrimas afloraban a sus ojos se mordió el labio inferior. Puede que él no la creyera, pero ella tenía que decírselo–. Finn, mi editora me envió a Dublín cuando se enteró de que nos habíamos conocido... y ella sí que intentó que escribiera algo sobre ti. Pero le dije que no.

–¿Así que el artículo solo fue producto de mi imaginación? –preguntó con sarcasmo.

–No, pero yo no lo escribí, ni tampoco recibí dinero a cambio.

–¿Oh? ¿Así que adivinaron cómo es mi apartamento por dentro? ¿Y la valoración que diste de mí en la cama?

–Estaba disgustada, y le conté algunas cosas a mi editora, pero no esperaba que las utilizara.

–Qué ingenua para ser periodista –dijo con frialdad, pero su corazón comenzó a latir muy deprisa. Si la habían engañado, ¿no cambiaba la cosa? ¿Y éso no hacía que el comportamiento de Finn fuera intolerable?

—¿Qué sentido tiene todo esto? –suspiró ella–. No te preocupes, Finn. No te estoy pidiendo que te ocupes del bebé.

—Pero no solo decides tú, ¿verdad?

—¿Qué quieres decir?

—Que sí quiero ocuparme de él. Que también es mi hijo, Catherine. Al decírmelo, me has implicado de lleno y créeme, cariño, ¡tengo intención de estar implicado!

# Capítulo 9

CATHERINE miró a Finn asombrada.

—¿Qué esperabas? —preguntó él—. Creías que iba a decir: ¿vas a tener un hijo mío? Toma un cheque y adiós muy buenas.

—Ya te lo he dicho..., ¡no he venido a pedirte dinero! —dijo ella, furiosa.

—¿No? Pero todavía no me has contado a qué has venido.

Catherine lo miró a los ojos.

—Porque yo no conocí a mi padre.

—¿Quieres decir que murió?

—Soy ilegítima, Finn —le dijo con desafío.

—Vamos, Catherine —dijo él—. No es algo tan horrible.

—Puede que hoy día no lo sea, pero las cosas eran diferentes cuando yo era pequeña.

—¿Nunca llegaste a conocerlo?

—Nunca. Ni siquiera sé si está vivo o muerto —dijo ella—. Estaba casado, y no con mi madre. No lo conocí, y él no quería conocerme —tenía los ojos brillantes—. Y no quiero que eso le pase a mi hijo.

Finn captó el sentimiento de rechazo que Catherine debía sentir y sintió una pizca de remordimiento.

—Lo siento...

—¡No! No quiero que sientas lástima por cómo me crié, Finn, porque tuve una infancia feliz. Es solo que...

—No lo decía por tu infancia —dijo él—, sino por mi imprudencia.

—No tienes la exclusiva en esto de la imprudencia —dijo ella—. La diferencia estriba en que teníamos motivaciones diferentes. Tú venías a vengarte y lo hiciste de la manera más fácil posible, ¿no?

¿De veras había tenido tanta sangre fría? No era una excusa decir que su intención había sido entregarle las flores y dejarle las cosas claras, pero que al verla, algo irracional se apoderó de él.

—Tienes un efecto muy fuerte sobre mí, Catherine —dijo él con nerviosismo—. Un efecto muy poderoso —dijo mirándola a los ojos.

—Sí, y los dos sabemos por qué, ¿verdad? Los dos sabemos por qué te afecto de esa manera.

—¿Te refieres a la química que hay entre nosotros?

—Me refiero a algo muy diferente.

—Continúa. Siento curiosidad.

—Ambos sabemos por qué un hombre como tú actuaría de una manera tan imprudente.

—¿Imprudente?

—¿No fue así? Si te hubieras molestado en averiguar un poco más acerca de mí, habrías descubierto que era periodista y probablemente habrías salido corriendo.

—Te comportaste de manera muy evasiva, Catherine.

—Sí, siempre lo hago con mi trabajo. La gente tiene muchos prejuicios.

—¿No sabes por qué? —preguntó con sarcasmo.

—Pero todo ocurrió tan rápido, que no hubo tiempo para conocernos, ¿no fue así? Dime, ¿siempre te acuestas con alguien tan deprisa?

—No. ¿Y tú?

—Nunca —respiró hondo, sin importarle si él iba a creerla o no. Su opinión no le importaba—. Pero quizá no necesitabas conocerme.

—Ahora me he perdido.

—¿Ah, sí? ¡Déjame que te lo explique! Los dos sabemos que el motivo por el que no pudiste esperar para llevarme a la cama era que yo te recordaba a un amor de tu juventud.

—¿Un amor de la juventud? —repitió con incredulidad.

—¡Deirdra O'Shea! ¿Vas a negar que me parezco a ella?

Finn tardó un instante en asimilar sus palabras y, cuando lo hizo, el sentimiento de rabia que lo invadió por dentro solo disminuyó al recordar que ella estaba embarazada.

—Te pareces a ella. ¿Y qué?

—¿Y qué? —Catherine lo miró furiosa—. ¿Sabes lo insultante que es eso para una mujer?

–¿Qué? ¿Que me atraigan las mujeres con cabello moreno y ojos verdes? ¿Qué hay de malo en eso, Catherine? ¿Tú no sueles fijarte en hombres que se parecen a mí? ¿No se supone que es algo innato al ser humano? ¿Que solo respondemos a ciertos estímulos?

Cómo quedaría si le dijera que no solía fijarse en los hombres. Que Peter era todo lo contrario a él. Que no conseguía que se le derritiera el corazón nada más verlo.

–¿Fingías que yo era ella? ¿Cerrabas los ojos y pensabas que no era yo?

–Yo no cerré los ojos, Catherine –contestó muy serio–. Estuve mirándote todo el tiempo, ¿recuerdas? –claro que lo recordaba. Demasiado bien. Recordaba cómo la acariciaba con la mirada y las manos a la vez. Las cosas que había dicho acerca de su cuerpo–. ¿Y tú qué? –preguntó de pronto–. ¿Qué es lo que justifica tu comportamiento? ¿Intentabas olvidarte de un hombre que te había herido? –Catherine se quedó boquiabierta–. Peter –dijo él–. El hombre que te abandonó.

–¿Cómo diablos te enteraste de lo de Peter?

–¡Vamos, Catherine! Cuando me enseñaron el artículo, pedí que te investigaran. De pronto, lo comprendí todo. Porque una mujer que parecía tan distante se acostó conmigo sin que yo apenas lo intentara. Querías olvidarte de tu ex novio, ¿no es así?

Catherine permitió que creyera que había sido

así, porque la verdad era mucho peor. No podía decirle que se había enamorado tanto de él que ni siquiera se había acordado de Peter.

Estaba cansada, sin fuerzas para continuar.

—¿Y qué sentido tiene recordarlo? Lo que pasó, pasó, y ahora tenemos que enfrentarnos a las consecuencias.

—No te vayas a Londres hoy —le dijo Finn.

—¿Puedes decirme un buen motivo para no hacerlo?

—Estás cansada. Y tenemos mucho de qué hablar. Igual que lo que pasó entre nosotros tuvo consecuencias, tu visita también las tiene. Vamos —se puso en pie—. Salgamos de aquí.

—¿Dónde vamos?

—Te llevaré a mi apartamento. Puedes descansar un rato y luego hablaremos.

—De acuerdo —convino ella.

Finn miró por la ventana. El cielo estaba gris, igual que su humor.

Se volvió para mirar a Catherine, que dormía en el sofá. Había luchado para no dormirse desde que la llevó a casa, pero al final perdió la batalla.

Los mechones de pelo negro contrastaban con el sillón. «Duerme con la inocencia de un niño», pensó él. Se fijó en la curva de su vientre y repitió sus palabras.

«Un niño».

De pronto, sintió que la alegría le invadía el corazón.

«Un niño».

Y no cualquier niño. Era suyo.

Catherine abrió los ojos y vio que Finn estaba de pie junto a ella, mirándola. Estaba confusa, preguntándose dónde estaba y qué había pasado. De pronto, lo recordó todo.

Estaba en el apartamento de Finn, le había contado todo y él lo había aceptado sin más.

–Me he quedado dormida –dijo con un bostezo.

–Sin duda –miró el reloj–. Casi una hora. Debe ser que lo necesitabas.

–Cielos –bostezó de nuevo–. ¿Qué vamos a hacer?

«Vamos», pensó Finn. Eran una unidad. Catherine y él estarían atados el resto de sus vidas. La madre, el padre y el bebé.

–Cuéntame cómo vives en Londres –le dijo, y se sentó en el sofá frente a ella.

–¿El qué? Ya sabes dónde vivo.

–Sí. En un estudio en el centro de la ciudad. No es el sitio ideal para criar a un bebé.

–No. No lo es.

–¿Y tu trabajo? ¿Te darán baja de maternidad?

–Ya no tengo trabajo –dijo ella despacio–. O mejor dicho, sí lo tengo pero no me darán baja de maternidad. Ahora soy *free lance*.

–¿Desde cuándo? ¿Antes de que te enteraras de que estabas embarazada?

–¡Por supuesto! ¡No soy tan estúpida!

–¿Y no puedes conseguir otro trabajo fijo?

–¡Así no! ¿Quién va a contratar a una embarazada? Me lo imagino muy bien: bienvenida, Catherine, estaríamos encantados de contratarte. ¡Y no, no nos importa darte la baja por maternidad dentro de unos meses!

Él la miró tratando de no fijarse en su belleza.

–¿Y cómo piensas criar a tu hijo si no tienes ingresos?

–No lo he decidido.

–Hablas como si tuvieras muchas opciones, Catherine, y me parece que no es así.

–Pensaré en algo –su madre se las había arreglado y ella también lo conseguiría.

Él la miró fijamente y, al ver a la mujer a la que no había podido resistirse, supo que sus vidas nunca serían lo mismo.

–¿Dónde vive tu madre?

–En Devon.

–¿Has pensado en ir allí?

Catherine se estremeció. «¿Y permitir que el pueblo vea que la historia se repite? ¿Que la hija regresa a casa embaraza y tratando de sobrevivir?»

–Sería demasiado para mi madre.

–¿Conoces a mucha gente en Londres?

–Más o menos... aunque solo he vivido allí un par de años. Tengo colegas del trabajo. Bueno, ex colegas. También tengo buenas amigas.

–¿Con niños?

–¡No!

–Parece un lugar muy solitario para una mujer que esté criando.

–Ya te he dicho que me las arreglaré.

–Eres muy orgullosa, Catherine. Pero no solo tienes que pensar en ti. ¿Crees que es justo someter a ese tipo de vida a un niño indefenso?

–¡Hablas como si fuera algo cruel! –se quejó ella–. Hay muchas mujeres que tienen hijos en las ciudades y que son muy felices.

–La mayoría tienen compañeros que las mantienen y una gran familia –soltó él–. ¡Y tú no!

–Bueno...

–Y la mayoría no tiene otra alternativa. Como te ocurre a ti.

–¿El qué? –susurró ella.

–Puedes venir a vivir aquí, a Dublín.

–¿Estás loco?

–No creo que mi idea pueda considerarse normal. Pero es racional –contestó Finn–. Piénsalo.

–Ya lo he hecho, y he tardado menos de tres segundos en rechazarla.

–Escucha –continuó él como si ella no hubiera hablado–. Dublín es una ciudad maravillosa...

–¡Eso es lo de menos! No puedo vivir aquí contigo, Finn. Estoy segura de que entiendes por qué es imposible.

–No te sugería que vivieras aquí conmigo, Catherine.

–¡Menos mal! –dijo ella–. ¿Y dónde estabas pensando? ¿Hay algún hogar para madres solteras a las afueras de la ciudad?

—Tengo una casa junto al mar. Está en Wicklow, cerca de Glendalough. Aire puro y vida de pueblo. Sería perfecto para ti. Y para el bebé.

—No lo sé.

—En Londres vives sola, ¿cuál es la diferencia? Y yo podría ir a verte los fines de semana.

—No.

—Además, hay otras ventajas, Catherine.

—¿Cuáles? —preguntó al que sería el padre de su hijo.

—Tengo amigos que viven allí, Patrick y Aisling. Puedo presentarte a Aisling... estoy seguro de que le encantaría conocerte. Tienen tres hijos, y estaría bien que tuvieras a alguien como ellos alrededor.

—¿Aisling?

El nombre le sonaba y Catherine se acordó de la mañana en que se había ido del piso de Finn. Una mujer que se llamaba Aisling dejó un mensaje en el contestador preguntándole dónde había estado la noche anterior. Ella asumió que sería una mujer a quien había dejado plantada porque tenía una oferta mejor.

—¿Conoces a más de una Aisling? —preguntó ella.

—No. ¿Por qué?

—No importa.

Él continuó contándole lo maravillosa que era su casa, convencido de que si ella la viera estaría decidida a quedarse.

–Y mi tía también vive allí.

–¿Tu tía?

–Eso es. Ella es... una mujer muy especial.

Catherine tragó saliva. Imaginaba lo que un familiar opinaría sobre la mujer maquinadora que había llevado a su sobrino a la paternidad.

–No creo que sea buena idea, Finn. A todo el mundo le parecería extraño.

–Pues claro. Nadie me ha oído hablar de ti y, de pronto, apareces embarazada de mí.

–¿Y no dañará tu reputación?

–No es mi reputación lo que me preocupa, Catherine. Es la tuya. Por supuesto, hay otra solución que garantizaría todo el respeto que una mujer en tu situación se merece.

–¿Qué solución? –preguntó perpleja.

–Cásate conmigo.

Se hizo un largo silencio y Catherine sintió que se le encogía el corazón.

–¿Qué tipo de broma es esa?

–Piénsalo, Catherine. En un principio, te daría seguridad. No solo a ti, sino también al bebé.

Catherine no había pensado nunca en la posibilidad de morirse algún día, pero de pronto pensó en ello y en el futuro del bebé.

¿Qué pasaría si se muriera de pronto? ¿Quién cuidaría de la criatura? Su madre no, desde luego.

Pero si se casaba con Finn...

Lo miró a los ojos.

–¿Y qué ganas tú?

–¿Una periodista inteligente como tú no puede imaginárselo? –preguntó asombrado–. Como ex amante podrías dejarme a un lado, pero como marido podría ocuparme del bebé. Tendría derecho a todo. ¿Y no me dijiste que no querías que al bebé le pasara lo mismo que te pasó a ti? Pase lo que pase, Catherine, esa criatura llevará mi nombre... y algún día heredará mi riqueza.

–¿Un clásico matrimonio de conveniencia?

–O uno muy moderno.

–¿Y eso qué quiere decir?

–Significa lo que tú quieras que signifique. Podemos poner las reglas según pase el tiempo.

–¿Y cuánto tiempo duraría el matrimonio? Supongo que no toda la vida.

–Supongo que no.

–¿Y si tú quieres dejarlo?

–¿O tú?

–Cualquiera. Si la situación es insostenible, entonces...

–¿No te estás adelantando un poco? ¿Por qué no esperamos a tomar esas decisiones cuando nazca el bebé? –esbozó una sonrisa y Catherine sintió un nudo en el estómago–. ¿Qué dices, Catherine?

Pensó en pasar sola por todo lo que se le avecinaba y tuvo miedo. Durante un instante, se sintió indefensa y vulnerable.

Mientras que Finn era fuerte y digno de confianza. No importaba lo que sintiera por ella, siempre la protegería.

Lo miró. Él le había dicho que no tenía mucha elección, y tenía razón.

—De acuerdo, Finn. Me casaré contigo.

# Capítulo 10

EN LO QUE a bodas se refería, aquella era extraña. La ceremonia tenía que ser breve y discreta, ya que cualquier muestra de que la novia estaba embarazada habría atraído a la prensa y ninguno de lo dos lo deseaba.

—Irlanda descartado —dijo él mientras colgaba el teléfono—. Hace falta solicitarlo por escrito con tres meses de antelación.

—¿No lo sabías? —preguntó Catherine sin pensar.

—¿Por qué iba a saberlo? Nunca me he casado —«y tampoco te casarías ahora», pensó ella—. Tendrá que ser en Inglaterra, y debo residir allí siete días antes de solicitarlo —dijo él—. Al final, necesitamos quince días como mínimo.

Regresaron a Inglaterra y Finn se hospedó en un hotel. No se vieron hasta el día de la boda, aunque sí mantuvieron un par de desagradables conversaciones.

Catherine pasó las tres semanas tratando de comportarse con la mayor normalidad posible; quedó con sus amigas, intentó escribir, e incluso fue a ver a su madre. Y aunque su secreto le parecía evidente, nadie se percató.

Cuando llegó el día de la boda, se sintió aliviada porque pronto terminarían los secretos.

Catherine miró el reloj mientras esperaba a su futuro marido. No se había comprado nada nuevo porque le parecía inadecuado para la ocasión. Se puso su vestido favorito y una chaqueta que cubría su estado.

Cuando abrió la puerta para que entrara Finn, se puso muy tensa. Finn sintió que se le paralizaba el corazón.

–Sonríeme, Catherine –susurró.

Ella esbozó una sonrisa tratando de no dejarse cautivar por su mirada.

–Pareces una gitana –comentó él al ver los dos aros que llevaba como pendientes.

–¿Eso es bueno o malo?

–Bueno –contestó él, y se acercó a mirar por la ventana. El problema era que todavía la deseaba y, en esos momentos, cualquier acto íntimo estaría fuera de lugar–. ¿Estás lista?

Catherine se puso nerviosa una vez más. Finn estaba muy atractivo. Llevaba un traje negro y una camisa blanca, y a ella le costaba recordar que todo aquello era una farsa.

–Finn, aún estás a tiempo de echarte atrás.

–¿Es lo que quieres?

Por un lado, Catherine deseaba poder retomar su vida anterior; pero por otro, deseaba que aquel hombre se lanzara a sus brazos y la besara diciéndole que no podría soportar no casarse con ella.

Por supuesto, no lo haría. Ese no era el acuerdo. Iban a casarse por conveniencia.

–¿Te gustaría que fuera Peter? –preguntó de pronto.

–¿Peter? –Catherine tuvo que pararse a pensar de quién estaba hablando.

–Sí, Peter... el hombre con el que saliste durante..., ¿cuánto tiempo, Catherine? ¿Cuatro años?

–Tres –contestó ella. No podía soportar que él pensara que había saltado de la cama de Peter a la suya–. No nos habíamos visto desde seis meses antes de que él me dejara –dijo ella–. Yo acepté que se había terminado. No había ningún motivo por el que yo quisiera desquitarme.

–Ya veo.

–Y además, ¿tú qué? ¿Te da pena que no vayas a casarte con Deirdra?

–Deirdra pasó a la historia.

–Eso no contesta a mi pregunta, Finn.

–Ocurrió hace mucho tiempo. Ambos teníamos diecisiete años y descubríamos el sexo por primera vez. Después ella se marchó a Hollywood. Final de la historia.

–Ya.

–Puedes echarte atrás, Catherine, si quieres.

–No, estoy contenta de seguir adelante.

–Pues no lo parece –dijo él–. Tendrás que esforzarte para convencer a los demás.

Ella esbozó una amplia sonrisa.

–¿Qué tal así?

–Perfecto –contestó él. Sentía cierta tensión en la

entrepierna y sabía que no disminuiría con la tradicional noche de boda.

En cuanto acabara la ceremonia, tomarían el primer vuelo con destino a Irlanda. En el aeropuerto los esperaba un coche con el que llegarían a Greystones, para que Catherine se instalara en su nueva casa.

Y después del fin de semana, él regresaría a Dublín.

Solo.

Finn pensó que Catherine parecía muy vulnerable cuando en el avión le ofrecieron una copa de champán y ella la rechazó. La expresión de su rostro indicaba que no tenía nada que celebrar.

Tenía que recordarse a cada momento que no podía dejarse hechizar por aquellos ojos verdes y que Catherine Walker tenía un poder embrujador que ocultaba su verdadera naturaleza. Y que, aunque no hubiera tramado humillarlo de manera pública, le había ocultado el hecho de que era periodista.

—¿No crees que a tu madre le parecerá raro que no le hayas dicho nada de la boda? —preguntó él mientras el coche se alejaba de Dublín y se dirigía hacia la costa.

—Hoy día hay mucha gente que se casa sin decir nada.

—¿No se entrometerá?

—Tendré que contarle la verdad... que estoy embarazada —dijo ella—. Lo comprenderá.

–¿Y cuándo vas a contarle que has conseguido un marido?

–Cuando esté instalada.

–¿Pronto?

Ella asintió.

–En cuanto lleve un par de días en Greystones –Catherine miró a Finn de reojo–. ¿Se lo has contado a tu tía o a tus amigos?

–No, porque habrían querido venir a celebrarlo.

Y seguramente habrían convertido el día en algo que no era.

–¡Qué pareja tan buena hacen! –les había dicho el funcionario encargado de la ceremonia después de leer los votos–. Puede besar a su esposa.

Finn miró a Catherine con una sonrisa y le dijo:

–No podemos quedar mal, ¿verdad? –inclinó la cabeza y la besó en los labios.

Sus labios eran como la miel y, al sentir su roce, Catherine se estremeció. Comenzó a pensar en todo lo que podía haber sido y no era. No iban a marcharse corriendo en busca de una cama donde saciar sus deseos, sino que la llevaría a una casa en la que viviría sola durante la semana mientras su hijo crecía en su vientre.

¿Y después?

Conteniéndose para no abrazar a Finn, se retiró dedicándole una sonrisa al funcionario.


Llegaron a Greystones por la tarde. La casa de Finn estaba a las afueras del pueblo y era un edificio de piedra y poco atractivo que parecía muy antiguo.

–Oh, es muy bonito, Finn –dijo ella. Inhaló la brisa marina y pensó en lo saludable que era aquel lugar comparado con su pequeño piso de Londres. Y ella también estaba muy saludable, el brillo de su rostro reflejaba la plenitud de su embarazo. Parecía frágil y fuerte a la vez.

De pronto, Finn la tomó en brazos y la miró con fuego en sus ojos.

–¿Qué diablos estás haciendo? –preguntó ella.

–Seguir la tradición y cruzar el umbral contigo en brazos.

La dejó en el suelo con cuidado y tardó unos instantes en retirar las manos de su cintura. Catherine lo miró a los ojos y le preguntó:

–¿Por qué lo has hecho?

–Pronto se sabrá que me he casado contigo. Tenemos que fingir un poco que esto es real.

Ella se retiró. Aquello le dolía más de lo que había esperado. Se había casado con él por el bien de su hijo, pero eso no impedía que siguiera teniendo fantasías. Deseaba no tener que fingir sólo por si alguien los estuviera observando.

Miró a su alrededor. La casa estaba amueblada, pero las paredes necesitaban una mano de pintura.

–Ven por aquí –le dijo Finn–. Tengo algo que enseñarte.

Junto al salón había una pequeña habitación que también necesitaba un cambio. Catherine se fijó en un gran escritorio que estaba orientado hacia el jardín trasero de la casa. Sobre el escritorio había un ordenador de los más modernos, un fax, un teléfono y una impresora. Todo nuevo.

—Es para ti —dijo él.

—¿Por qué?

—Es tu regalo de boda.

—Yo no te he comprado nada...

—Eres escritora, ¿no? Pensé que, como ibas a vivir en un lugar remoto, lo mejor sería que tuvieras el equipo más moderno del mercado para mantenerte en contacto con el mundo exterior.

—He traído mi ordenador —dijo Catherine.

—Suponía que lo habrías hecho, pero dudo que tenga la misma velocidad o memoria que este.

Catherine se volvió furiosa.

—¡No tienes que comprarme, Finn!

—Por el amor de Dios, ¿siempre tienes que estar a la defensiva? No estarías aquí si hubiera pensado con mi cabeza en lugar de...

—No hace falta que me lo digas —dijo ella—. Y tampoco que te hagas el mártir.

—No me estoy haciendo el mártir —contestó él—. Solo me estoy responsabilizando de tu problema...

—¡Ya basta! ¡Ya basta! —lo interrumpió ella—. No quiero que llames «problema» a la criatura que llevo dentro. No fue planeado, no... pero ha sucedido y voy a hacerlo lo mejor que pueda. Va a ser un bebé feliz, pase lo que pase. Y no te lleves la mejor parte de la responsabilidad. Los dos somos culpables.

—¿Culpables? Ahora eres tú la que habla como no se debe, Catherine —dijo él, y acto seguido se retiró para no ver más los labios que deseaba besar, e intentó olvidarse de que pasar el resto de la tarde en la cama posiblemente los ayudara a disipar la rabia contenida que ambos tenían—. ¿Quieres cambiarte de ropa?

—Por favor.

—Ven. Te enseñaré el piso de arriba —había cuatro habitaciones, aunque una era tan pequeña que apenas contaba. Finn dejó la maleta de Catherine sobre la cama que había en la habitación más grande. De pronto, a ella le pareció la más pequeña cuando Finn estuvo lo bastante cerca como para poder inhalar su aroma a loción de afeitar—. El baño está en el pasillo —dijo él—. Allí encontrarás todo lo que necesitas.

Catherine se dio un baño rápido. Se puso unos vaqueros y un jersey ancho. Cuando bajó, se percató de que Finn también se había cambiado de ropa.

—¿Qué pasa? —le preguntó él al ver que fruncía el ceño.

—¡No me abrochan los pantalones! —exclamó ella.

—Suele pasar —dijo él tratando de no sonreír—. Tendremos que ir a comprarte ropa de premamá. Aunque quién sabe dónde por aquí.

—¡Vestidos anchos con cuello de bebé! —se quejó ella.

—No, ya no son así.

—¿Y tú cómo lo sabes?

—Recuerdo que Aisling me lo contó la última vez

que se quedó embarazada. Voy a prepararte un té –le dijo–. Y después encenderé el fuego.

Ella lo siguió hasta la cocina y se fijó en que tampoco la habían reformado.

–¿Hace cuánto tiempo que tienes este sitio, Finn?

Él abrió el grifo y llenó la tetera.

–Salió al mercado hace cinco años.

A Catherine le dio la sensación de que había algo que no le estaba contando.

–Nunca imaginé que fueras a comprar un sitio como este. Es... bueno, no se parece nada a tu casa de Dublín.

–No –se había olvidado de que era una periodista buscando algo interesante que contar. En un principio, no se lo habría contado, pero estaban casados y no tenía sentido ocultárselo–. Es el lugar donde nací. Y donde viví hasta los siete años –Catherine lo miró. Había algo más, algo que hacía que su voz denotara dolor. Se preguntaba qué le habría pasado a los siete años.

Al ver la expresión de sus ojos, Finn suspiró. Sabía que debía contárselo. Llevaba a un hijo suyo en el vientre y eso le daba derecho a saber todo sobre su pasado–. Mi madre murió –le dijo mientras encendía el fuego.

–Lo siento...

–Se había quedado viuda cuando yo era un bebé... No quedaba nadie que pudiera cuidar de mí, así que me fui a vivir con mi tía.

–Oh, Finn –deseaba abrazarlo para paliar su dolor, pero él se volvió para sacar las tazas y los platos poniendo fin a la conversación. Catherine comprendía que no quisiera mostrar su dolor. No era el momento adecuado, y quizá nunca lo fuera. Pero esa decisión le correspondía a Finn, y no a ella.

–¿Tienes alguna galleta? –preguntó con una sonrisa–. ¡Me muero de hambre!

–Hay comida suficiente como para hundir un barco. Le pedí a Aisling que nos hiciera la compra. No tenemos que salir en todo el fin de semana si no queremos.

Catherine dejó de sonreír. No sabía si estaba emocionada o si sentía terror. «¿Qué significa eso?», se preguntó.

–Ve a sentarte, Catherine –le ordenó–. Yo llevaré todo.

Catherine obedeció y se dirigió a uno de los sofás. Él fue con la bandeja y sirvió el té.

–¿Hoy toca azúcar o no? –preguntó él.

Ella contuvo una sonrisa.

–No. Parece que mi estómago vuelve a estar como antes –bebió un poco de té y dejó la taza sobre la mesa–. ¿Finn?

–¿Catherine?

–¿Vienes aquí muy a menudo?

–No lo bastante –admitió él–. Siempre digo que voy a venir los fines de semana a respirar un poco de aire puro, pero...

–¿Pero?

–Ya sabes lo que pasa. La vida siempre cambia tus planes.

Sí, sabía a qué se refería. Pero estaba empezando una nueva vida y creando un nuevo futuro. Y no solo por el bebé. Iba a vivir en la casa de Finn y ni siquiera sabía cuál era el papel que tenía como esposa de conveniencia.

Decidió que no era el momento de pensar en ello y continuó bebiéndose el té.

Finn se fijó en que se le relajaba el rostro y se preguntó cuántas máscaras era capaz de mostrar. Se puso en pie.

–Voy a encender el fuego –dijo Finn.

Ella lo observó mientras llenaba la chimenea de troncos y recordó todas las maneras en que había visto su cuerpo. Corriendo junto al mar, desnudo y entrelazado con el suyo...

Él se incorporó y vio que ella lo miraba desde el sofá. Sintió la tentación de acercarse y besarla, porque sabía que entre sus brazos olvidaría todas las dudas que tenía acerca de la extraña situación en que se encontraban. ¿Pero eso no complicaría más las cosas? La miró y ella desvió la vista a otro lado. Finn se percató de que las cosas habían cambiado, de que ya no había garantía de que Catherine lo deseara de la misma manera. Y menos, después de todo lo que había sucedido.

Más tarde, Catherine deshizo su maleta y Finn preparó la cena. Después se quedaron escuchando la radio hasta que ella comenzó a bostezar y se retiró a su dormitorio. No podía dejar de pensar en él y en cómo lo deseaba.

El día siguiente amaneció soleado. Después de desayunar, Finn la llevó a la playa para dar un paseo por la arena y, más tarde, a conocer a su tía.

A medida que se acercaban a la casa, Catherine sintió que se le aceleraba el corazón.

—¿Cómo se llama?

—Finola.

—Estoy segura de que no voy a caerle bien.

—No seas tonta, Catherine. No va a odiar a la mujer que es mi esposa, ¿no? Ella me quiere y desea que sea feliz.

«¿Feliz? ¡Qué ironía!», pensó Catherine.

—¿Y cuál es tu definición de felicidad, Finn?

Finn se agachó para recoger una piedra y lanzarla al mar antes de mirar a Catherine.

—Es una forma de viajar, Catherine —dijo él—. No un destino.

Entonces, ¿ella era feliz en ese preciso momento? Pensó en ello y decidió que sí. Aunque contenta era la palabra que describía mejor su estado. Estaba embarazada, con buena salud y caminando por una playa preciosa con un hombre atractivo. Si su felicidad dependía de que la relación llegara a algo más profundo, entonces solo conseguiría llevarse una gran desilusión. No podía buscar la felicidad en otra persona. Primero tenía que encontrarla en sí misma.

Suponía que la gente pensaba que hacían una buena pareja. Ambos eran altos y delgados, con cabello oscuro y un anillo de oro que dejaba claro que estaban recién casados.

Pero también había algunas cosas que demostraban que no todo era como parecía ser. Finn no sonreía con la sinceridad de un amante, ni le agarraba la mano como si no fuera capaz de separarse de ella.

Eso cambió cuando llegaron a casa de su tía. Entonces, él le agarró la mano y le dijo:

—Saldrá bien.

Una mujer de pelo cano, que rondaba los setenta años, abrió la puerta. Tenía los ojos de color azul, un poco menos intenso que los de su sobrino. Cuando vio a Finn, lo abrazó con fuerza y al ver que él la abrazaba del mismo modo, Catherine sintió que se le encogía el corazón. Nunca lo había visto comportarse de manera tan cariñosa.

—¡Pero si es el mismísimo diablo! —exclamó la mujer—. ¡Finn! ¡Finn Delaney! ¿Y cómo es que no has venido a verme antes? —sin esperar una respuesta, miró a Catherine y preguntó—: ¿Y quién es esta mujer?

Catherine estaba muy nerviosa. Sabía lo mucho que esa mujer significaba para Finn y no quería empezar mal.

—Soy Catherine —dijo sin más—. La esposa de Finn.

# Capítulo 11

LA ESPOSA de Finn.

La primera vez que lo había dicho había sido a la tía de Finn, pero pensaba en esas palabras a menudo.

El primer día que él regresó a Dublín, ella se quedó en la puerta como una verdadera esposa, viendo cómo su coche desaparecía en el horizonte, dejándola sola con sus pensamientos y la criatura que crecía en su vientre. Y con la enorme cama en la que dormía sola.

Cuando cerró la puerta, se dijo a sí misma que se alegraba de que él no hubiera intentado consumar el matrimonio.

Solo habría complicado las cosas. Habría hecho que la separación fuera más difícil.

¿Pero qué iban a hacer cuando estuvieran juntos todos los fines de semana y no pudieran hacer lo que más deseaban?

Saldrían a dar numerosos paseos por la costa. Él la invitaría a tomar bollos con nata y después la llevaría a casa e insistiría en que pusiera los pies en alto para que se quedara dormida. A veces, ella despertaría y descubriría que él la estaba mirando. Durante un instante, ella se olvidaría de todo, y estiraría los brazos para atraerlo hacia sí.

Pero el instante terminaría cuando él se diera la vuelta, como si hubiera visto algo en ella que lo disgustara, y ella se preguntaría si él se sentía incómodo con la farsa del matrimonio. ¿Querría decirle a su tía que nada era lo que parecía? ¿Que la había dejado embarazada y que estaba haciendo lo que le parecía correcto?

Finn la había llevado a conocer a sus amigos que vivían en el pueblo. Al parecer, conocía a Patrick desde hacía muchísimos años, y la esposa de Patrick, Aisling, era una pelirroja que se puso a gritar cuando les dio la noticia.

–¡Al fin! –exclamó–. ¡Al fin te has casado! Oh, Finn... ¡habrá montones de mujeres llorando en Irlanda!

–Y montones de hombres suspirando de alivio –comentó Patrick mientras sacaba una botella de champán de la nevera.

–Callaos –sonrió Finn.

–¿Así que te has casado sin decírselo a nadie? –dijo Patrick mientras descorchaba la botella–. Ni siquiera a nosotros.

–A vosotros especialmente –murmuró Finn–. ¡No queríamos que se enterara todo Wicklow! –hizo una pausa–. Catherine está embarazada.

–Oh, Patrick –dijo Aisling–. ¿Has oído lo que ha dicho? Catherine está embarazada, ¡como si no tu-

viéramos ojos en la cara, Finn Delaney! ¡Enhora-
buena! ¡A los dos!

Los abrazó por turnos. Catherine sintió un nudo
en la garganta y se alegró de tener la cara escondida en
el hombro de Aisling. «No me merezco esto»,
pensó. «No puedo continuar y fingir delante de esta
gente tan agradable que todo es lo que parece».

Pero al levantar la vista, se percató de que Finn la
miraba con ternura y se sintió mejor.

—Aisling, ¿cuidarás de Catherine cuando yo esté
en Dublín? —preguntó Finn.

—¡No necesito que me cuiden! —protestó Catherine, aterrorizada solo de pensar que aquella mujer
podría hacerle muchas preguntas imposibles de contestar con sinceridad.

—Puedes venir a verme mucho o poco, como y
cuando tú quieras, Catherine... a mí no me importa
lo más mínimo —dijo Aisling—. ¿Pero no te sentirás
muy sola cuando Finn no esté?

—Catherine quería paz y tranquilidad —intervino
Finn—. Así que Dublín está descartado. Además,
quiere escribir.

—Sí —dijo ella—. Soy periodista.

—Eso creía —dijo Aisling, dejando a Catherine con
la duda de si habría leído su artículo.

Un niño pequeño entró corriendo seguido de una
hermana mayor. Llevaba la cara llena de arena y con
los restos de un cangrejo.

—¡Jack Casey! ¿Qué has estado haciendo?

—¡Ha intentado comerse un cangrejo, mamá!

—dijo la pequeña—. ¡Aunque le dije que no lo hiciera!

—Y tú lo has dejado, ¿verdad? —preguntó su madre mientras limpiaba la cara al pequeño—. ¿Esto no te quita las ganas, Catherine?

—Bueno, todavía me quedan unos cuantos años para prepararme —dijo Catherine mientras Jack le dejaba un puñado de conchas en el regazo.

—¡Jack! Por favor, no llenes a Catherine de arena —lo regañó Aisling.

—No me importa, de veras.

Finn observó la vida familiar de aquella casa y sintió que se le encogía el corazón. ¡Qué fácil parecía a simple vista! Catherine estaba sentada riéndose. El embarazo le sentaba muy bien y seguía tan sexy como antes.

¡Menos mal que se iba a Dublín por la mañana!

Las semanas pasaron y Catherine se fue adaptando a su nueva vida. Se levantaba temprano y caminaba por la playa. De regreso pasaba por la tienda para comprar pan y leche.

Después se sentaba a escribir, pero descubrió que su interés había cambiado. Ya no quería escribir los artículos de fácil lectura que caracterizaban su carrera hasta el momento.

Había alquilado el piso de Londres a un precio desorbitado, y por primera vez en su vida no tenía que preocuparse por el dinero. Podía disfrutar de su embarazo y hacer lo que más le apetecía hacer.

Decidió escribir un libro.

–¡Solo te lo he contado a ti! –le dijo a su madre por teléfono.

–¿Ni siquiera a Finn?

–No, es una sorpresa –dijo Catherine.

–¿Y cuándo voy a conocer a tu marido? –preguntó su madre–. Todo el mundo me pregunta cómo es, ¡y tengo que decirles que no lo conozco!

Esa era una pregunta difícil. Catherine tenía intención de invitar a su madre, y sabía que a su madre le encantaría la vida que llevaba en el pueblo. ¿Pero cómo iba a explicarle la situación?

Si su madre iba a visitarla, tendría que contarle la verdad o tendría que fingir que todo iba bien, y no sabía cuánto tiempo podría mantener el secreto delante de una persona que la conocía tan bien.

Finn y ella tendrían que compartir la habitación, y sabía que no podría soportarlo. No podría dormir con él sin desear algo más. Ya era bastante malo pasar las noches sola y saber que él estaba al otro lado del pasillo.

–Muy pronto, mamá.

–Si tardas mucho, ¡seré abuela!

Quizá fuera esa la mejor solución. Esperar a que el bebé naciera para que sirviera de distracción y no se fijara tanto en lo que pasaba en su relación de pareja. Al haber otra persona en la casa, Finn tendría que esforzarse al máximo, igual que ella, y podrían llegar a un acuerdo sobre todas aquellas cosas que las parejas tienen que discutir cuando se separan.

Claro que, Finn y ella nunca habían estado juntos.

Era curioso lo fácil que era enamorarse de alguien, aunque Catherine no parara de repetirse que tenía que encontrarle los fallos, y que era un hombre frío que nunca la haría feliz.

Trataba de convencerse de que durante el fin de semana era muy fácil llevarse bien con él; pero si vivieran juntos todo el tiempo, no sería así.

Escribía durante el día y, a veces, hasta bien entrada la tarde. Cuando Finn llamaba, ella le contaba lo que había hecho durante el día.

Una noche le contó que había estado en casa de Aisling ayudándola a cocinar, y que la tía Finola la había llevado a jugar al bingo en la iglesia, ¡y que había ganado una tabla de planchar!

—¿Qué vas a hacer con ella?

—Se la he dado a la asistenta del cura. Me parecía ridículo tener dos.

—Podría ser útil —dijo él.

—¿Como mesa auxiliar? —bromeó ella.

Era fácil hablar con él por teléfono, porque no podía ver su mirada ni la expresión de su rostro. Era importante que se llevaran bien porque tendrían que mantener contacto durante el resto de la vida. El bebé los mantendría unidos.

No paraba de repetirse que cuando llegara el momento de separarse, estaría bien. Habían hecho lo mejor para el bebé y ambos seguirían siendo libres.

Pero ella no quería ser libre.

Los viernes por la noche se sentía como una mujer que esperaba a que su marido regresara a casa como si fuera un héroe.

En cuanto le abría la puerta, notaba la tensión de la ciudad en la expresión de su rostro y después le preparaba un *gin-tonic*, como una verdadera esposa.

Finn no podía esperar a salir de la ciudad los viernes por la noche, y trataba de terminar el trabajo lo antes posible para huir de Dublín y llegar cuanto antes a la costa.

Su apartamento le parecía vacío comparado con la casa de la playa. Claro que Catherine hacía cosas de mujer, como poner flores en un jarrón y preparar tartas.

Una noche, Finn entró en la casa y frunció el ceño. Algo había cambiado, y tardó unos segundos en descubrir de qué se trataba.

—¡Has pintado las paredes!

—Así es —sonrió ella mientras llevaba dos copas en una bandeja—. ¿Te gustan?

Finn miró a su alrededor con una expresión tensa, tratando de no fijarse en el jersey rosa de cuello de pico que resaltaba sus pechos hinchados.

—¡Deberías habérmelo preguntado antes!

—Lo siento, Finn —Catherine dejó de sonreír—. Me equivoqué al utilizar tu casa como si fuera mía: quizá era una manera de engañarme a mí misma acerca de que somos una pareja.

—Aunque lo fuéramos, ¿no crees que la decoración es algo que debe decidirse entre los dos?

—Quería darte una sorpresa...

—¡Y lo has hecho, Catherine! —entonces la miró. Sus ojos azules expresaban rabia—. ¿No crees que si hubiera querido decorar la casa lo habría hecho antes? ¿No crees que habría contratado a los mejores decoradores del país?

Catherine dejó el *gin-tonic* de Finn con tanta fuerza, que derramó la mitad.

—¡Oh, lo siento! ¿Lo mejor que el dinero puede comprar? ¿Es eso lo que quieres decir? ¿Por eso estás tan enfadado? ¿Porque he sido lo bastante estúpida como para hacerlo yo misma? ¿Porque he agarrado una brocha en lugar de chasquear los dedos para que alguien lo hiciera por mí? No te preocupes, Finn Delaney... lo he hecho con mucho cuidado. He hecho un trabajo estupendo... ¡aunque seas tan estúpido y arrogante como para no verlo!

Salió de la habitación y se fue al piso de arriba.

—Catherine, ¡vuelve aquí ahora mismo!

—¡Vete al infierno! ¡Aunque probablemente no te dejen entrar!

Finn subió los escalones de dos en dos y la alcanzó justo cuando estaba a punto de cerrar la puerta del baño. Al verlo llegar, trató de dar un portazo, pero él metió el pie para que no cerrara.

—¡Quita el pie!

—¡No hasta que me abras!

—¡Quiero darme un baño!

—¡Y yo quiero hablar contigo!

—Si lo que quieres es quejarte del color de las paredes, no te preocupes... iré a comprar turba y la restregaré encima de la pintura. Así quedarán igual de asquerosas que antes.

Él comenzó a reírse, y ella aprovechó para cerrar la puerta otra vez.

—Abre la puerta, Catherine.

—¡Ábrela tú mismo! —él entró en el baño y su presencia invadió la habitación.

—Oh, cariño, lo siento. No debí hablarte así —le dijo al verla tan disgustada.

—¡Deberías pensar antes de abrir la boca! ¡Nunca lo haces!

—Sí, debería hacerlo. Y no, nunca lo hago —sonrió—. Pero creía que ya te había dejado claro que soy incapaz de pensar cuando estás cerca, Catherine.

—¡Entonces quizá deberíamos plantearnos de nuevo esta estúpida farsa!

—¿Crees que es estúpida?

—Creo que debemos estar locos si creemos que podemos seguir adelante.

—Pero pensaba que estabas disfrutando de la vida aquí...

—¡Estúpido hombre!

—¿Sabes?, para ser periodista, tienes un gran problema con el vocabulario. Es la tercera vez que utilizas la palabra estúpido... —Catherine trató de darle una bofetada, pero él le agarró el brazo y la atrajo hacia sí. Ella notó que le costaba respirar y que sus ojos azules se habían oscurecido—. ¡Vaya mal humor que tienes a veces!

—¿Y te extraña que lo tenga, viviendo contigo?

Se miraron a los ojos y, de pronto, el ambiente se puso muy tenso.

–¿Sabes que estamos discutiendo como una pareja que lleva casada muchos años? –dijo él–. ¿Te das cuenta de que tenemos todo lo malo del matrimonio y nada de lo bueno?

Había algo en su mirada que hizo que Catherine se sintiera mareada.

–¿Finn? –susurró.

–¿Catherine? –contestó él.

Ella sabía que estaba a punto de besarla. Y separó los labios para recibirlo. Llevaba esperando ese momento desde que él le colocó la alianza de oro en el dedo.

Se besaron como si fuera la primera vez y, en cierto modo, era así. Ya no eran extraños unidos por un deseo innegable. Tenían un pasado, un presente y un futuro que podía resumirse en la criatura que ella llevaba en el vientre.

Él se retiró y la miró.

–Cielos, Catherine –dijo con voz entrecortada.

–Cállate y bésame de nuevo.

–Mujer impaciente.

–¿Impaciente? –dijo con incredulidad.

–Cállate, Catherine.

Y sus labios se encontraron de nuevo.

Él le acarició los pechos y la bonita curva de su vientre.

–Catherine... dulce Catherine, permíteme que te haga el amor.

–Cielos, Finn... ¡pensé que nunca ibas a pedírmelo!

Finn le sujetó el rostro con las manos y la besó una y otra vez. Quería poseerla despacio. Sabía que tenía que ser delicado y por eso no la tumbó en el suelo para...

–Ven conmigo, corazón.

–¿Dónde me llevas?

–Al lugar donde debí haberte llevado semanas atrás.

Necesitaba una cama, y la más cercana estaba en la habitación de Catherine. Al entrar, vio un tanga que asomaba de uno de los cajones y se estremeció mientras abrazaba a Catherine. ¿Todavía podía ponerse ese tipo de prendas?

–Nunca he desnudado a una mujer embarazada –murmuró.

–¡Espero que no!

–Tendré mucho cuidado –le prometió, y le quitó el jersey.

Ella le rodeó el cuello con los brazos y lo besó en los labios.

–No demasiado, espero. Además, ¡ahora ya no importa!

–No me refería a eso, y lo sabes. Lo decía porque estás embarazada.

–Las mujeres embarazadas son muy fuertes, ¿o no te has dado cuenta?

Claro que se había dado cuenta. Catherine no iba por ahí como si fuera inválida. Hacía unos días ha-

bía tenido que quitarle una pala de las manos y decirle que hacía mucho frío para estar cavando.

Finn contuvo el aliento mientras descubría su
cuerpo. Tenía unos pechos preciosos.

–¡No tenía ni idea de que las embarazadas pudieran estar tan sexy!

–Qué alivio –contestó ella.

Él le desabrochó el sujetador y le acarició los pezones con la lengua. Catherine lo agarró con fuerza
y se dejó llevar por el placer.

–Finn.

–¿Mmm?

Él comenzó a quitarle el tanga y cubrió con la
mano el centro de su feminidad. Sintió que ella se
estremecía y deseó darle más placer. Se arrodilló
frente a ella y acarició con su lengua la parte más
tierna de su cuerpo. Ella le sujetó la cabeza y lo
atrajo hacia sí, viendo el reflejo de su imagen en el
espejo. Le pareció muy provocativo verse desnuda,
embarazada, y con un hombre provocándole sensaciones mágicas.

–Será mejor que me tumbe antes de que me caiga
–dijo ella.

–Sí, creo que será mejor –dijo él alzando la cabeza.

Finn la tomó en brazos y ella se quejó:

–Finn, para... ahora peso mucho.

–Pero me gusta. Me gusta llevarte.

–¡Ya me he dado cuenta!

–Y todavía no pesas demasiado.

–Eres un hombre muy fuerte, Finn Delaney –suspiró ella.

–Sé que lo soy –bromeó.

Se quitó la ropa y la besó con pasión. Cuando estaba a punto de colocarse sobre Catherine, ella le dijo:

–Espera.

–No creo que pueda.

–Tu hijo, Finn. Va a dar una patada.

–¿Cómo lo sabes?

–Lo sé... ¡Ay!

Finn colocó la mano sobre su vientre para sentir a su hijo. Miró a Catherine a los ojos.

–¿Crees que va a ser niño?

–Eso creo.

–¿Por qué?

–No lo sé... ¡Oh, Finn!

–¿Te gusta?

Ya no estaba sintiendo al bebé.

–Mmm –ella bajó la mano para acariciarle su poderosa masculinidad–. ¿Te gusta a ti?

–Ahora mismo no estoy pensando en mí... no quiero hacerte daño, Catherine.

Ella cerró los ojos un instante. Si él supiera que solo le haría daño si la dejaba. «Esto empeorará las cosas. Debes parar ahora mismo», oyó que le decía su voz interior.

¿Pero cómo iba a detenerlo si lo deseaba tanto?

–¿Qué hacemos? –susurró él.

Durante un momento pensó que él se refería al

futuro, pero al sentir sus caricias se percató de que no era eso.

–Quieres decir, ¿cómo lo hacemos?

–Mmm.

–Usa tu imaginación, Finn... en esto, soy igual de novata que tú. Yo... ¡Oh, Finn!

Finn la tumbó de lado y le acarició el trasero. La otra mano la llevó a sus pechos. Podía sentir el calor de su cuerpo, su deseo.

–¿Catherine?

–Sí, Finn, por favor.

Con mucho cuidado, la penetró. Catherine amaba a ese hombre, aunque sabía que nunca sería suyo. Cerró los ojos con fuerza. Dejó de pensar y se dejó llevar por las sensaciones de su cuerpo.

Después se quedaron tumbados hasta que recuperaron el ritmo de la respiración.

Finn le rodeó el vientre con un brazo y sintió otra patada.

–¡Otra vez!

–¡Deberías sentirlas por dentro!

Él se incorporó y le acarició el cabello.

–Siento haberte hablado así.

–Estabas frustrado, supongo. No te preocupes, Finn... yo también lo estaba.

–¿Crees que eso era todo? ¿Frustración?

–No lo sé. Trato de ser práctica.

–Es que tocaste uno de mis puntos débiles.

–¿Porque cambié la decoración sin preguntarte? ¿Porque te quité el control de la situación?

–Creo que fue más bien porque no quería enfrentarme a la situación. Tenía necesidad de anclarme en el pasado, Catherine.

Ella apoyó la cabeza en su hombro.

–Estás hablando en clave.

–Nunca había cambiado nada de la casa. Quería dejarla tal y como estaba.

–¿Como la señora Havisham en *Great expectations*?

–Bueno, no tengo un vestido de boda cubierto de telarañas, ¡si eso es a lo que te refieres! Supongo que este sitio representa mis orígenes. Sentía que sería una traición si lo decoraba como una casa de las que aparecen en las revistas.

–Si aplicas esa teoría para todo, todavía viajaríamos en carro de caballos –le dijo.

–Quizá –dijo él entre risas.

–No necesitas cosas materiales para recordar el pasado, Finn. Lo que importa son los valores que aprendiste y lo que guardas en tu corazón.

Él asintió. Se sentía muy a gusto. Como si estuviera en un refugio alejado del resto del mundo. Se obligó a volver a la realidad, porque estaba preparado para enfrentarse a ella. Miró a Catherine y la acarició con un dedo. Ella se estremeció.

–¿Esto significa que a partir de ahora compartiremos habitación?

Era como dar un paso adelante y dos hacia atrás. Catherine se sintió un poco decepcionada al oír sus palabras. En el fondo, nada había cambiado.

La situación era la misma de antes, solo que habían introducido el sexo en su relación. No debía confundirse con lo que deseaba.

—Supongo que sí —dijo ella—. Y ahora, ¿vas a bajar a hacerme la cena? ¡Tengo un hambre feroz!

—Feroz, ¿eh? —Finn sonrió y bajó de la cama—. ¿Sabes, Catherine?, cada día pareces más irlandesa.

Ella asintió. Tenía que ser así. Su hijo iba a nacer en Irlanda y tenía un padre irlandés.

Ella también necesitaba raíces.

# Capítulo 12

CATHERINE! Por favor, ven a sentarte.

—¡No puedo! ¡Estoy limpiando los armarios de la cocina!

Finn se levantó del sofá y se acercó a la puerta. Observó cómo se agachaba para limpiar y se preguntó cómo una mujer con ocho meses de embarazo podía tener un trasero tan bonito. Se acercó a ella y se lo acarició.

—Finn, déjame...

—¿No te gusta?

—No es eso...

—¿No? —le besó la nuca—. Entonces, ¿qué es?

—Ya te lo he dicho. Intento tenerlo todo limpio para cuando llegue el bebé.

—Pero todavía falta un mes —se quejó—. Y yo me voy a Londres mañana. Déjalo, Catherine. No vas a verme en toda la semana.

—Nunca te veo en toda la semana —se puso en pie con dificultad—. ¿Cuál es la diferencia?

—¿El mar que nos separará? —bromeó él—. ¿No vas a echarme de menos?

—Un poco —dijo rodeándole el cuello.

–¿Solo un poco? –la besó en los labios.

–¡Deja de pedir que te haga cumplidos!

–Entonces ven a sentarte conmigo para ver la televisión.

Ella se sentó en el sofá.

–¡Qué vida más emocionante tenemos, señor Delaney!

–¿Te quejas? –preguntó muy serio, y le tendió un vaso de agua con gas.

–No, me encanta –dijo ella, y lo miró. Llevaba una semana muy inquieto. Quizá porque iba a marcharse a Londres y era diferente tener que tomar un avión. Quizá era el momento de dejar de fingir que el futuro nunca llegaría.

–¿Finn?

–¿Mmm?

–¡Hay tantas cosas que no hemos hablado!

–¿Como cuáles?

–Qué pasara cuando nazca el bebé, qué vamos a hacer...

–Creí que lo íbamos a ver día tras día.

–Y eso hacemos. Pero no podemos seguir así siempre.

–Yo creo que sí.

–¿Tú crees?

–No veo por qué no –sonrió–. ¡Mi querida Catherine! Hemos descubierto que nos gusta estar juntos. Que podemos vivir juntos sin tirarnos los trastos. ¡Por suerte, parece que te has olvidado de eso! –sonrió y ella soltó una carcajada–. ¿Ves? Nos reímos.

Nos llevamos bien en la cama... aunque de eso no había duda, ¿no?

—¿Y crees que eso es suficiente?

Finn se levantó y echó un tronco al fuego. Aunque estaban en mayo, el tiempo había cambiado y hacía frío.

—Es mucho más de lo que tienen otros —dijo él—. Pero tienes que decidir si para ti es suficiente. Si quieres buscar el amor verdadero, o si quieres ofrecerle a tu hijo la seguridad que se merece. Piensa en ello, Catherine.

—¿Y la fidelidad? —preguntó ella.

—Yo no soporto la infidelidad —dijo él despacio—. Y espero que tú tampoco. La elección es tuya, Catherine. Soy sincero con todo lo que te ofrezco.

Una vez más tenía que tomar una decisión y correr el riesgo de haberse equivocado. Podía ofrecerle seguridad a su hijo, y no solo la de ser legítimo, sino también la de tener un padre alrededor. Un padre que iba a quererlo tanto como ella.

Finn no le ofrecía sueños de color de rosa, ni un futuro demasiado romántico, pero estaba siendo práctico. Y sincero.

Catherine pensó en las alternativas. Podía marcharse como madre soltera y vivir sola con su bebé, o esperar a que otro hombre le robara el corazón como había hecho Finn, pero sabía que no encontraría ninguno como él.

—Pensaré en ello —le dijo.

Aquella noche hicieron el amor como si estuvieran mucho más unidos que nunca. Después permanecieron abrazados durante largo rato.

Por la mañana, cuando Catherine se despidió de Finn en la puerta, sintió que su corazón estaba igual de gris que el cielo.

Finn miró las nubes y comentó:

–Parece que va a nevar.

–No puede nevar en mayo.

–¿Quién dice que no? ¡Un año heló en junio!

–¿Bromeas?

–No, cariño, no bromeo –la tomó entre sus brazos–. ¿Te cuidarás?

–¡Por supuesto que sí! ¿Qué crees que voy a hacer? ¿*Snowboard*? ¿O esquí de travesía?

–Lo digo en serio.

Ella se puso de puntillas y lo besó en los labios.

–Y yo también –susurró–. Estaré bien. Llámame cuando llegues a Londres.

–Dile a mi tía Finola que venga a vivir aquí si el tiempo se complica o si estás preocupada. O ve a quedarte con Aisling y Patrick. ¿Cuándo vas al médico otra vez?

–Pasado mañana. Finn, ya basta, ¿no? ¡Vete!

La besó despacio.

–Será mejor que me vaya. Tengo que tomar un avión –la abrazó–. Te veré el viernes.

«Te quiero», pensó mientras el coche se alejaba.

Él la llamó desde el aeropuerto.

–¿Qué tal el tiempo?

–Igual.

–Te llamaré en cuanto llegue allí.

–Finn, ¿qué te pasa? ¿Por qué estás tan preocupado?

–¿Que qué me pasa? ¡Mi esposa está embarazada y tengo que salir del país! ¿Por qué voy a estar preocupado, Catherine?

Catherine colgó el teléfono y se preparó un té. Miró el reloj y pensó que el avión de Finn estaba a punto de despegar. «Que no le pase nada», pensó mientras en el exterior comenzaban a caer los primeros copos de nieve.

Nevó toda la tarde y el jardín parecía una postal navideña. Catherine acababa de encender la chimenea cuando oyó que llamaban a la puerta. Era Finola.

–Pasa –Catherine sonrió al verla muy abrigada–. ¿Qué haces en la calle un día como este?

–Finn me llamó –comentó Finola–. Me dijo que viniera a ver cómo estabas.

–¡No deja de preocuparse!

–Se preocupa por ti. Y por el bebé.

–Estoy bien.

–Sí –Finola se sentó y acercó las manos al fuego–. Tienes mucho mejor aspecto. Parece que estás en paz contigo misma.

–Me alegra saber que tengo ese aspecto –dijo Catherine.

–¿Quieres decir que no es así como te sientes?

–Estoy bien. En serio.

–Parece que las cosas van mejor entre vosotros

–comentó Finola–. Parece que estás más relajada estas últimas semanas. Mucho antes parecía que los dos estabais muy tensos –Catherine se sonrojó «¿Había sido tan evidente? ¿En el momento que había comenzado a mantener relaciones sexuales la relación se había asentado?»–. Quieres mucho a mi niño, ¿verdad? –le preguntó de pronto.

Catherine la miró a los ojos. ¿Qué sentido tenía mentirle a alguien que también lo amaba?

–Sí, lo quiero. Lo quiero de verdad.

–Entonces, ¿por qué lo dices tan seria?

–No puedo hablar de ello.

–Bueno, quizá tú no puedas... pero yo sí. No sé lo que pasó antes de que Finn te trajera aquí, y no quiero saberlo, pero deduzco que se casó contigo porque estabas embarazada.

–Sí –susurró Catherine–. ¿Te sorprende?

–¿Sorprenderme? ¡Sería una mujer muy rara si a mi edad me sorprendieran cosas como esa! ¡Sucede desde tiempos inmemorables! Finn es un buen hombre. Cuidará de ti y permanecerá a tu lado.

–Sí, pero...

–Quieres más que eso, ¿no? –preguntó Finola–. Dime, Catherine, ¿os va bien en la relación?

–Muy bien –contestó ella–. Nos llevamos bien, nos hacemos reír... –se puso colorada–. Y muchas otras cosas, pero...

–¿Pero?

–¡Él no me quiere!

–¿No? ¿Estás segura?

—¡Nunca ha dicho que me quiera!

—Ay, las jovencitas de hoy día —dijo la tía de Finn—. Estáis llenas de ideas falsas que os meten las revistas y los libros. ¿Cuántos hombres has conocido a los que no les cuesta nada decir te quiero y que al minuto están mirando a otra mujer? Lo que importa no es lo que se diga, Catherine; lo que cuenta es lo que se hace.

—¿Crees que Finn me quiere?

—No tengo ni idea de lo que piensa Finn, él nunca me lo cuenta. Nunca deja que nadie se acerque demasiado a él, no desde que murió su madre. Significaba todo para él y, de pronto, desapareció sin avisar. ¿Cómo va a confiar en el amor después de algo así? ¿Y cómo va a expresarlo?

—¿Crees que me comporto de manera egoísta?

—Creo que deberías dar las gracias por lo que tienes. El amor nunca surge a primera vista, Catherine. A veces surge despacio, como un gran roble que nace de una bellota. Y los matrimonios basados en ese amor son los mejores del mundo. Sólidos y fundamentados —miró a Catherine—. Y eso no significa que no sean apasionados. Todo depende de si lo que se busca es satisfacción inmediata o si se está preparado para luchar por algo —terminó Finola—. Sé que no es como se hace hoy día.

—¿Un matrimonio a la antigua?

—En aquellos tiempos había muchos menos divorcios. Las parejas estaban unidas para lo bueno y para lo malo. En la salud y en la enfermedad. Renunciando a todo lo demás.

–Nos hemos casado por lo civil –comentó Catherine.

–Lo sé. Pero aun así pronunciasteis los votos, ¿no? Aunque en aquellos momentos no fuerais sinceros, no significa que no puedan cumplirse en un futuro.

–Gracias.

–¿Por?

–Por hablar con sensatez y hacer que me dé cuenta de lo que es importante. ¡Creo que necesitaba oírlo! –sonrió–. ¿Te apetece un té?

–¡Claro que sí!

Por la mañana había dejado de nevar, pero todo seguía blanco. Catherine se levantó en cuanto se hizo de día y vio que el camino del jardín estaba intransitable. «Alguien va a romperse una pierna», pensó. Así que, después de que la llamaran Finn, Finola y Aisling, decidió quitar la nieve.

Se abrigó bien y se puso manos a la obra. Mientras retiraba la nieve, varias personas se pararon a hablar con ella; la mayoría le preguntaba cuándo esperaba al bebé.

–Hasta junio no –decía ella.

–¡Todavía tienes que esperar! –le dijo el cartero–. ¡El último mes es el peor!

A nadie parecía extrañarle que una mujer embarazada estuviera haciendo trabajo físico. Durante siglos, las mujeres habían trabajado en el campo hasta que daban a luz, y lo que ella hacía no era muy distinto. Esa mañana se sentía fuerte, y viva... como si fuera a conquistar el mundo.

Ya casi había terminado de limpiar el camino cuando sintió el primer dolor. Dejó caer la pala y se llevó las manos al vientre.

«No puede ser el bebé», se dijo, «todavía no le toca». Pero las contracciones continuaron por la noche y, a las tres de la mañana, Catherine no pudo aguantar más y llamó a Finola.

—¡Creo que estoy de parto! ¡Creo que ya viene!

—¡Jesús, María y José! No hagas nada. ¡Ahora mismo voy!

—No puedo hacer nada —dijo Catherine—. Aunque quisiera.

Finola llegó a la casa y la miró.

—Vamos arriba —le dijo—. ¡Después llamaré al médico!

—¡Se supone que iba a dar a luz en el hospital!

—¿Y cómo piensas llegar hasta allí? ¿En trineo?

Catherine se rio y después se quejó.

—¡No! ¡Se suponía que Finn debería estar aquí! Quiero que esté aquí conmigo.

—Finn está en Londres —dijo Finola—. Piensa en él. Haz como si estuviera aquí. Llegará, tarde o temprano.

Y así fue. Para entonces, Catherine ya estaba recostada sobre las almohadas sujetando a una niña que no era tan pequeña como debía ser.

Él irrumpió en la habitación con expresión de pánico y alegría a la vez. Se acercó a Catherine y comenzó a besarle los labios, la nariz, la frente.

—¡Catherine! ¡Cariño! ¡Menos mal!

Finola y Catherine se percataron de que le temblaba la voz y se miraron. La mujer mayor la miraba como diciendo: ¿estás loca?, y Catherine supo en seguida que no podía desear las estrellas.

—¿Estás bien? —preguntó él.

—Muy bien —dijo ella.

—¿Y esta es mi hija? —miró a la pequeña de pelo oscuro—. Mi preciosa hija.

—Te presento a Mollie —dijo Catherine, y le entregó un bulto que comenzó a llorar—. Señorita Mollie Delaney. Todavía no le hemos puesto el segundo nombre... no nos poníamos de acuerdo y pensamos que a lo mejor tú...

—Mary —dijo él, tal y como esperaba Catherine. Era el nombre de su madre.

—Hola, Mollie —dijo él, pensativo, y cuando levantó la vista, tenía los ojos sospechosamente brillantes.

Catherine se percató de que Finn había cerrado el círculo. Mollie le había devuelto algo de sí mismo. Su propia infancia le había sido arrebatada por la muerte de su madre y, al tener una hija, recuperaba parte de esa infancia.

—¿Qué puedo decir, Catherine? Aparte de gracias.

En ese momento, la tía de Finn se puso en pie y lo miró.

—Me voy —dijo—. Volveré mañana.

Cuando salió de la habitación, ambos se quedaron mirando a la pequeña durante un momento.

Después, Finn dejó al bebé en la cuna y se sentó en el borde de la cama para abrazar a Catherine.

—Catherine —le dijo con voz temblorosa.

Ella quería que la abrazara con más fuerza.

—No voy a romperme, ¿sabes?

Finn la atrajo hacia sí y la besó de manera apasionada.

—Esto lo cambia todo.

—Ya lo sé. Para empezar, ¡se acabó el dormir por la noche!

—Sabes a qué me refiero, Catherine.

Ese era el problema. No lo sabía. O más bien, no quería pensar en ello.

—Esta criatura consolida lo que hay entre nosotros.

No era una manera muy romántica de decirlo, pero, ¿quién había hablado de romanticismo?

Catherine y Finn trataban de llevar lo mejor posible una situación que no habían elegido. Ella sabía que Finn haría todo lo posible para asegurarse de que la relación funcionara... aunque fuera por el bien de Mollie.

Catherine asintió y cerró los ojos para que él no pudiera ver la nostalgia de su mirada.

—Catherine, mírame —le ordenó. Ella levantó la cabeza y abrió los ojos—. Convivir contigo es fácil en muchos aspectos —hizo una pausa—. Me haces feliz —añadió. Le tomó la mano y se la llevó a los labios.

Y si Catherine esperaba oír más, era una ansiosa. Le había dicho que lo hacía feliz. Y él la hacía feliz a ella. No debía esperar que le dijera «te quiero».

¿Cuánta gente lo decía y no actuaba como si fuera verdad? Peter se lo había dicho, ¡y después la había dejado por otra!

Ambos eran felices.

¿Qué más podía pedir?

# Epílogo

CATHERINE contuvo un suspiro.

—No es exactamente una luna de miel tradicional, ¿verdad?

Finn la miró medio dormido. En la distancia, el mar azul rompía contra la arena.

—Nunca tuvimos una relación tradicional, ¿verdad, cariño?

—Finn Delaney, ¿quieres incorporarte y hablar conmigo de manera correcta?

Él se tumbó boca arriba y entrecerró los ojos porque le molestaba el sol.

—Es todo culpa tuya, señora Delaney... si no me exigieras tanto a lo largo del día, quizá podría mantener los ojos abiertos.

Catherine se untó un poco más de crema protectora.

—¿De verdad crees que Mollie estará bien?

—¿Con tu madre y Finola cuidando de ella? ¿Y Aisling teniendo que contenerse para no llevarla a la playa a cada momento? ¿Estás bromeando, cariño? ¡Creo que cualquier pequeña de dos años estaría en el paraíso!

—Mmm. Supongo que tienes razón.

–Y además, creí que habíamos decidido hacer las cosas de una manera más tradicional –dijo abrazándola.

Ella le besó el cuello.

–Mmm –la boda que celebraron en la iglesia fue bastante tradicional, aunque ella no quiso vestirse de blanco. Pero el vestido de seda color marfil ganó la aprobación de Finn. Igual que la réplica que hicieron en miniatura para Mollie.

Habían salido hacia Pondiki la misma tarde de la boda. Una vez allí, descubrieron que Nico se había casado y que pronto sería padre.

–¿Eres feliz, Catherine?

–Es una manera de viajar, Finn –le recordó–, y no el... ¡Finn! –él la tumbó sobre la arena y se colocó sobre ella.

–¿Eres feliz? –susurró.

–Completamente.

Finn había empezado a trabajar en casa dos días a la semana, aunque se quejaba de que su mujer y su hija lo distraían demasiado.

–¿Y qué? –le había preguntado Catherine–. ¡Ya tienes suficiente dinero en el banco!

–¿Es que no le importa su futuro, señora? –le había contestado él.

La madre de Catherine iba a visitarlos a menudo y se había hecho muy amiga de Finola.

–¿Has visto a esas dos? –decía Finn a veces, cuando el volumen de sus risas hacía que Mollie se riera también–. ¿Qué crees que estarán tramando?

Y Mollie continuaba creciendo.

—Es la niña más bella del planeta —decían sus padres cuando la observaban mientras dormía.

El ginecólogo de Catherine le explicó que la niña había nacido antes de lo esperado porque ella se había equivocado con sus fechas. Así que la pequeña había sido concebida en Dublín, y no en Londres, lo que llenaba de alegría el corazón de Catherine.

—¿Sabes lo que eso significa, Finn?

Significaba que su hija había sido producto de la pasión y no de la rabia.

Catherine abandonó el libro que estaba escribiendo. Encontraba que la maternidad era mucho más gratificante.

—No quiere decir que nunca más vuelva a escribir —le dijo a Finn—. Pero no por ahora.

Y Finn la ayudaba a veces en el jardín, un solar que ella había transformado y que se había vuelto famoso en Wicklow. El año anterior, Catherine lo había abierto al público, cobrando entrada a aquellos que pudieran pagarla y vendiendo té y pastas para recaudar dinero para la biblioteca del pueblo.

Finn decía que la ayudaba en el jardín, pero en realidad solo plantaba cosas de vez en cuando. Rosas, prímulas, tulipanes y algún melocotonero.

Un día, Catherine se apoyó sobre la azada y le dijo:

—Una curiosa selección de plantas, Finn.

—Mmm.

Había algo en su tono de voz que hizo que Catherine se quedara pensativa. Aquella tarde, aprovechando que Finn se había ido al *pub* con Patrick, Catherine se metió en internet y buscó el lenguaje de las flores. Y encontró:

*Prímulas: fidelidad.*
*Tulipanes: bonitos ojos.*
*Melocotonero: mi corazón es tuyo.*

A su regreso, Catherine le abrió la puerta con los ojos humedecidos.

—¡Has estado llorando! —dijo él.

—¡Estúpido! —contestó ella, y lo abrazó—. ¿Por qué no me lo has dicho?

—¿El qué?

—¡El jardín! ¡Todas esas cosas que plantaste sin que yo supiera por qué! ¿Por qué no me lo dijiste?

—¿Que te quiero? —dijo él con ternura—. ¿Es eso lo que quieres oír, mi querida Catherine?

—¡Por supuesto que sí!

Terminaron en la cama y, después de todo, ella se tumbó encima de él.

—¿Finn?

—¿Catherine?

—¿Le has dado alguna vez a otra mujer flores con mensaje?

—Nunca.

—Y por qué a mí sí.

Él se encogió de hombros.

—Porque nunca he deseado hacerlo.

—Dime que me quieres otra vez —le suplicó.

—Te lo diré cada día durante el resto de nuestras vidas —le prometió.

Y cumplió su promesa. Pero Catherine tenía más que sus palabras. Le bastaba con mirar al jardín para ver cómo el amor que Finn sentía por ella crecía cada día.

# MATRIMONIO
# DE CONVENIENCIA

# LINDSAY ARMSTRONG
## Perlas de amor

# Capítulo 1

ALEX Constantin se pasó la mano por el pelo y miró el reloj. Era su primer aniversario de boda y el momento de la celebración se acercaba.

Echó la silla hacia atrás para admirar el atardecer sobre Darwin y el Mar Timor mientras pensaba en la noche que los esperaba. Su mujer, en contra de todo pronóstico, había accedido de buena gana a que sus suegros se encargaran de todos los preparativos. Lo único que faltaba era que apareciera.

Su madre, como de costumbre, se había mostrado encantada ante la idea de preparar una fiesta y había mandado limpiar la casa de Darwin hasta dejarla reluciente y llena de flores. Había preparado un bufé con todo tipo de exquisiteces y el porche se había preparado para ser la pista de baile.

«Hasta ahora, todo bien», pensó Alex. El único fallo de su madre había sido que había invitado sin darse cuenta a la que había sido su amante.

En ese momento, llamaron a la puerta y su solícita secretaria, Paula Gibbs, entró con la cajita que le había dicho que sacara de la caja fuerte antes de irse a casa.

–Gracias, Paula –le dijo haciéndole una seña para que se sentara mientras él le firmaba unas cartas–. ¿Te gustaría verlo? –añadió refiriéndose al contenido de la caja.

–¡Me encantaría!

Alex abrió la caja, miró lo que había dentro, se encogió de hombros y se la pasó.

Paula no pudo evitar un grito ahogado de admiración.

–¡Qué bonito! Perlas y diamantes.

–Exacto –contestó Alex–. Estaba claro que le iba a regalar perlas Constantin, pero le he añadido diamantes para que no diga que no me he gastado nada.

Paula cerró el estuche con el precioso collar de perlas y broche de diamantes y se lo devolvió.

–No creo que la señora Constantin sea así.

Alex se quedó pensativo unos segundos.

–No, la señora Constantin no es así en absoluto, es cierto.

«Me gustaría que la verdadera señora Constantin saliera a relucir de una vez», añadió para sus adentros.

Paula admiraba incondicionalmente a su mujer, así que no era cuestión de compartir con ella aquello. Además, sus problemas eran suyos y de nadie más.

De camino a casa, no paraba de darle vueltas a la cabeza. Vivían cerca de la empresa, en una urbanización que daba al Parque del Bicentenario y a la Playa Lameroo. A su mujer le había hecho mucha gracia que el sultán de Brunei se hubiera comprado el ático.

—Alex, ¿tenemos tanto dinero como él? —le había preguntado divertida.

Obviamente, le había contestado que no, que la fortuna Constantin y la Beaufort unidas no llegaban ni por asomo a ser como la del sultán.

—Pero a ti te ha ido muy bien con las perlas, ¿verdad, Alex? Por no hablar del ganado, los barcos de cruceros y todo lo demás…

Era cierto, pero ella tampoco andaba mal de dinero.

—Es cierto —había dicho ella mirándolo con extrañeza.

—Te lo digo porque parece que no valoras mucho la riqueza de mi familia. ¿Es porque somos la primera generación que nace aquí de procedencia griega? Claro, no somos como vosotros los Beaufort, que lleváis aquí desde los orígenes de Australia.

–Cariño, no se me ha pasado eso por la cabeza jamás. Es verdad que mi familia lleva aquí mucho más tiempo que la tuya, pero los Constantin sois más honrados que muchos de mis antepasados.

–Entonces, ¿por qué hablas de nosotros a veces con condescendencia?

–Lo siento. No lo hago adrede. Puede que sea porque hay ciertas costumbres griegas de tu familia que no me impresionan en absoluto. Piénsalo.

Y se había ido sin que le diera tiempo de recordarle que su propia madre, de origen ruso, había participado activamente de la costumbre en cuestión.

Seguía dándole vueltas a la cuestión mientras subía en el ascensor y al entrar en casa. Al ver que las luces estaban encendidas, pensó que su mujer ya había llegado de Perth. Se hallaba en su habitación y la puerta estaba abierta, así que pudo observarla sin que ella lo supiera.

Se estaba maquillando y llevaba un vestido largo y sin tirantes que le quedaba de maravilla. Era del mismo azul que sus ojos y llevaba el pelo, moreno, suelto sobre los hombros. Era menuda, delgada y de tez pálida, pero tenía una energía inagotable y un cierto aire de adolescente ya que solo tenía veintiún años.

Los padres de Alex y la madre de Tatiana habían sido los que habían arreglado el matrimonio de conveniencia entre ellos. Le había sorprendido que en la noche de bodas, ella le hubiera dicho que estaba al tanto de todo. Sabía que tenía una amante e incluso sabía quién era. Él, que creía que su mujer era una niña descerebrada, tuvo que admitir lo contrario cuando Tatiana le propuso un año de gracia en el que pudiera decidir si consumaban el matrimonio o no.

Alex había dicho que sí. Ya había pasado ese año y seguía dándole vueltas a su relación con Tatiana. Era una mujer incontrolable difícil de catalogar.

Durante aquel primer año de matrimonio de conveniencia, las cosas no habían ido mal. Tatiana se había hecho dueña y señora de sus casas, las había decorado y les había aportado comodidad y color. Le gustaba dar cenas con encanto y originalidad. Habían viajado mucho y siempre había cumplido con su papel de amante esposa de cara a la galería. Además, se había interesado verdaderamente por el proceso del cultivo de perlas.

Era una mujer de buen corazón que dedicaba buena parte de su vida a las obras benéficas. Lo único que no había hecho para cumplir con todas las expectativas de sus suegros había sido darles un nieto, que era precisamente para lo que los habían casado.

Sus padres eran grandes devotos de la familia y siempre habían llevado como una cruz haber tenido solo un hijo. Por eso, se desvivían por él y estaban muy pendientes de todo lo que hacía. A veces resultaba agobiante, pero Alex intentaba llevarlo lo mejor que podía. Cuando cumplió treinta años y no mostró ningún interés por casarse y tener herederos, su madre decidió tomar cartas en el asunto.

Al principio, le había hecho gracia que le pusieran chicas delante para que eligiera, pero había llegado un momento en el que la situación se había hecho insufrible y se había desentendido del tema. Aquello le había dolido mucho a su madre y Alex se había sentido culpable. Además, justo en aquellos momentos, le presentó a Tatiana Beaufort, hija de una amiga de toda la vida. Aquella chica tenía una cosa muy importante: su familia había sido una de las pioneras en asentarse en el oeste de Australia y por ello era uno de los apellidos más conocidos y respetados. Además, tenía dos ranchos enormes.

A Alex le daba igual lo del apellido, no como a su madre, que estaba encantada de haber emparentado con ellos. A él lo que le importaban eran los ranchos. Entre los dos, Tatiana y él tenían una buena parte del mercado de ganado de Kimberley y los precios de la ternera no paraban de subir.

Natalie, la madre de Tatiana, se había mostrado tan interesada en su unión como sus padres. Aquello le había llamado la atención y, al final, había conseguido que confesara. Por lo visto, creía que su hija estaba a merced de los cazafortunas desde la muerte de su padre. Además, su progenitor había sido una persona extremadamente conservadora y, como resultado de la educación recibida, Tatiana no sabía realmente qué era la vida.

–Podría caer con mucha facilidad en manos de un hombre sin escrúpulos, Alex –le había dicho Natalie estremeciéndose.

Alex se había mostrado de acuerdo.

–Pero, ¿y qué pasa con el amor? Las chicas de su edad deben creer en el amor.

–¿Hay alguien más fácil de engañar que una chica que se cree enamorada por primera vez en su vida? –había contestado su futura suegra haciendo un gesto despectivo con la mano.

Alex se había quedado perplejo ante sus palabras y le había vuelto a dar la razón.

–¿Y cómo tiene pensado hacerle creer que está enamorada de mí? En otras palabras, ¿estaría su hija dispuesta a casarse por conveniencia?

–Si tú no puedes hacer que una chica joven e impresionable se enamore de ti, no lo puede hacer nadie –había contestado Natalie con una risita–. Además, tienes ranchos. ¿Quién mejor para hacerse cargo de Beaufort y de Carnarvon?

–Señora Beaufort, estamos hablando del futuro de su hija, no del de los ranchos.

Natalie se encogió de hombros.

–Tu madre y yo pensamos que un buen matrimonio arreglado a tiempo es lo mejor para mi hija.

–Mi madre ha hecho desfilar ante mí a no sé cuántas chicas para ver si elegía alguna.

–Y seguro que todas de buena familia y acordes con tu nivel social.

–Ya, pero esto es lo más frío que he oído en mi vida. Está usted eligiendo al marido de su hija.

–Tatiana ya está un poco enamorada de ti. A ver si así te quedas más tranquilo.

Aquello lo había sorprendido mucho aunque había disimulado. Le había contado todo a su padre, George Constantin, que le había pasado las riendas del imperio hacía años. Increíble. Su padre también creía que debía casarse con Tatiana Beaufort porque era guapa, educada y joven.

–Además, tu abuela hizo lo mismo con tu madre y conmigo, y mira lo bien que nos ha ido.

–Sí, papá, pero eran otros tiempos.

–Desde que Flora Simpson volvió con su marido, no has querido ni oír hablar de matrimonio, ¿verdad?

Alex no había contestado.

–Mira, hijo, tu madre y yo nos hacemos mayores y no habría nada que nos hiciera más felices que tener nietos. Has tenido una mala experiencia en el amor, así que, piénsalo, esta podría ser la mejor solución para todos, ¿no? Por supuesto, la decisión final depende solo de ti.

Alex había pensado mucho aquella decisión final. El tema de los dos ranchos le interesaba sobremanera. ¿Qué sería de ellos en manos de una niña de veinte años? Porque su madre solo sabía hacer una cosa con el dinero, gastarlo, y el padre no le había dejado los ranchos en herencia. Por algo habría sido.

Volvió a la realidad y siguió observando a Tatiana, que se estaba cepillando el pelo y jugando con «Finlandia» a dirigir una orquesta imaginaria.

En el aspecto sexual, su mujer se había mostrado tímida desde el principio. De hecho, Alex creía que era virgen y que quería seguir siéndolo hasta la boda. También era cierto que temblaba cuando la besaba y parecían gustarle sus atenciones. Para cuando se casaron, tenía claro que Tatiana Beaufort estaba enamorada de él.

«Entonces, ¿por qué?», se preguntó por enésima vez. ¿Cómo se habría enterado de lo de su amante? ¿Y por qué había esperado a después de la boda para decirle que sabía que lo suyo era un matrimonio pactado? ¿De verdad estaba enamorada de él, entonces?

Tatiana terminó de peinarse, se giró y lo vio apoyado en el marco de la puerta. Se sonrojó y en realidad le pareció vulnerable. ¿Por su presencia o porque la había pillado haciendo el tonto?

—¡Alex! ¿Cuánto hace que estás ahí?

—Lo suficiente para ver que eres una directora de orquesta fantástica.

—¡Venga ya! —protestó—. No sabía que estabas en casa.

—No tienes nada de lo que avergonzarte, Tattie. ¿Qué tal por Perth?

—Muy bien —suspiró—. Aunque hacía frío, ¿sabes? He estado todo el día delante de la chimenea. ¿Y tú?

—Igual —contestó encogiéndose de hombros—. Por cierto, ¡feliz aniversario! —añadió poniéndole el estuche en la mano.

Lo miró a los ojos sorprendida.

–Yo… Alex, no tenías por qué comprarme un regalo.

–No.

–¿Entonces?

–Seguro que tu madre y mis padres se mueren por saber qué te he comprado. Ellos creen que te mereces un buen regalo por haber sido una excelente esposa este primer año de matrimonio, lo que es cierto… en casi todos los aspectos.

Tattie tragó saliva.

–Estás enfadado.

–No, no estoy enfadado –contestó Alex–. Estoy sorprendido y me pregunto qué me tendrás preparado para el segundo año de matrimonio… si es que va a haber un segundo año, claro.

Tattie apartó la mirada.

–Todavía… no lo he decidido.

Alex sonrió con malicia.

–¿Me estás pidiendo otro año, Tattie?

–No –contestó echando los hombros hacia atrás y levantando el mentón–, pero me gustaría que lo habláramos los dos, tranquilamente, y no creo que este sea el mejor momento. Para empezar, porque llegaríamos tarde –sonrió–. ¡Imagínate lo nerviosa que se pondría tu madre!

–Muy bien –dijo tomando el estuche de sus manos–. Hasta entonces, permíteme –añadió sacando el increíble collar–. Date la vuelta.

–Alex, es precioso –dijo sinceramente–, pero...

–Tattie, obedece.

–Pero, Alex, todo esto es la gran farsa –protestó.

–Por supuesto –sonrió él–, pero haber dicho que no a la fiesta.

–Puede que tú puedas hacer con tu madre lo que quieras, pero yo no –dijo frustrada–. Tu madre insistió y no tuve más remedio que decir que sí.

–Cariño, si pudiera hacer con mi madre lo que quisiera, o con la tuya, ni tú ni yo nos veríamos metidos en este lío. Como ya no tiene remedio, intenta poner buena cara, como yo. Date la vuelta.

Lo miró confusa e hizo lo que le pedía.

–Ya está –dijo sintiendo cómo se estremecía al sentir sus dedos en la nuca–. Perfecto –murmuró–. ¿Qué te parece a ti? –añadió acariciando el largo del collar, que se perdía en su escote.

Tattie volvió a tragar saliva.

–Sí, es perfecto –contestó–. Muchísimas gracias.

Sus miradas se encontraron en el espejo.

–Tú también eres perfecta, señora Constantin –le dijo sinceramente–. Me voy a duchar. Tardo sólo diez minutos… Por cierto, Tattie, hay algo que me gustaría decirte sobre la fiesta –le dijo desde la puerta.

–Dime –respondió como si le costara hablar.

–Mi madre me ha dado hoy mismo la lista de invitados y resulta que Leonie Falconer va a venir.

En principio no se produjo ninguna reacción, pero a los pocos segundos una sombra le cubrió la cara.

–¿Te refieres a… tu amante?

–Ya no es mi amante –le aseguró duramente–. No sé cómo mi madre no lo sabe, pero…

–Supongo que creerá que has cambiado desde que eres un hombre casado.

–Muy aguda, Tattie, pero te recuerdo que me dijiste que te parecería normal que no hiciera vida monacal mientras decidías qué pasaba con nuestro matrimonio.

Tatiana se sonrojó y no dijo nada.

–En cualquier caso, poner a las que han sido mis amantes delante de mi mujer no me gusta. Por eso llevo todo el día intentando hablar con ella para decirle que no viniera, pero no he podido. Me parecía justo advertírtelo.

—Muy amable por tu parte, Alex —contestó ella con desdén—, ¡pero la señorita Falconer puede hacer lo que le venga en gana!

Alex enarcó una ceja.

—¡Bravo, Tattie! Nos vemos en diez minutos.

# Capítulo 2

DARWIN, la ciudad más septentrional de Australia y bautizada en honor a Charles Darwin, solo tenía dos estaciones: la húmeda y la seca. La primera coincidía con la primavera y el verano del resto del continente, y la segunda con el otoño y el invierno; pero dado que las temperaturas no solían bajar nunca de los treinta grados centígrados, llamarla invierno no parecía muy acertado.

La estación seca acababa de empezar cuando Tatiana Constantin se dirigía en coche junto a su marido a la fiesta de su primer aniversario de boda. Sentada en el jaguar azul de tapicería de cuero color crema, pensó que las cosas podrían haber ido peor. Podría haberlos pillado en mitad de la estación húmeda con aquella horrible humedad y las tormentas que a menudo se convertían en ciclones.

¿Qué hubiera hecho entonces, si ya tenía bastante con el ciclón que bullía en su interior? ¿Qué habría hecho si la humedad hubiera echado a perder el maquillaje y el peinado en lo que hubiera tardado en salir del coche y entrar en casa?

Miró a Alex. Él había nacido en Darwin y la estación húmeda no parecía afectarle. Claro que los hombres no tenían que preocuparse por el maquillaje y el pelo, como las mujeres. No, ellos solo se encargaban de darles órdenes a ellas.

No conocía personalmente a Leonie Falconer, pero sabía que era diseñadora de joyas y que hacía muchas cosas para la familia Constantin. Tattie pensó que aquello no podía ser coincidencia ya que Darwin era una ciudad pequeña.

Aunque no le caía bien por haber sido la amante de su marido, la admiraba por haber aceptado la invitación. ¿Por qué lo habría hecho? ¿Y por qué la habría invitado su suegra? ¿Y desde cuándo no era la amante de Alex?

Demasiados elementos imponderables. El mayor, el que iba a su lado conduciendo con elegancia hacia Fannie Bay, la casa de sus padres.

Era el reto más difícil al que había tenido que enfrentarse en su corta vida. Desde el principio, desde que se había enterado de lo que se traían todos entre manos, se había dicho que debía tener cuidado con él. Hasta hacía una media hora creía haberlo logrado.

Un collar de perlas, sentir sus dedos en la piel y el sorprendente descubrimiento de que la mera palabra «amante», ex o actual, había hecho que su estrategia se esfumara.

Hasta el punto de que no sabía si estaba locamente enamorada de Alex Constantin o lo odiaba sin remedio.

Apretó los puños y se preguntó si se le habría notado. Doce meses de autocontrol posiblemente perdidos en unos minutos. Recordó su reflejo en el espejo y se estremeció. Su marido exudaba masculinidad por los cuatro costados.

Aunque no era especialmente guapo, era increíblemente atractivo. Alto, fuerte, divertido, amable y sarcástico. Sobre todo, era enigmático. Tattie todavía no sabía por qué había accedido a casarse con ella cuando podía haber tenido a cualquier mujer.

A no ser que hubiera sido por los dos ranchos, claro…

—Ya hemos llegado, Tattie.

Sus palabras la hicieron volver a la realidad con un respingo.

—Ya lo veo —contestó viendo la casa encendida de arriba abajo y un montón de coches en la calle—. Bueno, ¿cómo es eso que dicen?

«En guardia, soldados, preparaos para la lucha» o algo así.

Alex rio y le acarició la barbilla.

—Eres todo un personaje, Tattie. Si puedes, sé tú misma y pásatelo bien.

«Con tu amante en la fiesta, tu madre lanzando siempre indirectas sobre el tema del embarazo, mi madre revoloteando a mi alrededor y tú tratándome como a una niña pequeña, cuenta con ello», pensó Tattie saliendo del coche.


—Es precioso, Tatiana —dijo Natalie Beaufort cuando se vio a solas con su hija en el baño tras el maravilloso bufé de mariscos.

—¿Verdad que sí? —contestó Tattie tocándose el collar.

—Sí, y quiere decir que tu matrimonio es todo un éxito.

Tattie miró a su madre y contestó sin pensar.

—¿Cómo sabes que no es porque le remuerde la conciencia?

Natalie enarcó las cejas.

—¿Lo es?

—Yo sería la última en enterarme, ¿no? ¿No se supone que las esposas siempre son las últimas en enterarse de esas cosas?

–¿No creerás que Alex te es infiel tan pronto?

Tattie se mordió la lengua y no le contó a su madre que Leonie Falconer, la mujer con la que su propio marido le había confesado que se acostaba antes de acostarse con ella, estaba en la fiesta. En lo que a ella respectaba, no tenía por qué creer que no seguía con la diseñadora de joyas.

Conocía a su madre, pero a veces no la entendía. ¿Para qué contárselo? Además, Natalie se había empeñado un año atrás en que se casara con Alex Constantin y allí estaban, ¿no? Incluso ella se había ido a vivir a Darwin después del matrimonio de su hija, aunque decía que aquella ciudad era inhóspita.

–Era una broma –dijo viendo la cara de alivio de su madre.

Qué ironía. ¿No había sido ella la que le había dicho justo antes de la boda que, a veces, los hombres se comportan como hombres y es mejor hacerse las tontas?

Se encontró mirando a su madre con curiosidad. Mientras que Irina Constantin no se preocupaba por la moda, tenía un carácter encantador y nunca se separaba de su marido. Natalie era una mujer cosmopolita que tocaba el piano y a la que le encantaba salir aunque, cuando vivía su marido, solía huir de él y de los ranchos para irse a Perth y llevarse a Tattie con ella.

La verdad era que Austin Beaufort no había sido un hombre fácil. Tattie admiraba a su madre por haberlo sabido llevar y por haberlo soportado. Sabía que su madre hacía las cosas con buena voluntad, incluso haber insistido en que se casara con Alex. Natalie creía de verdad estar protegiendo a su hija de los caza-fortunas y creía que Tattie estaba enamorada realmente de Alex.

Tuvo que reconocerse a sí misma que no era del todo falso. Su madre la conocía bien, sabía lo mucho que se parecía a su padre, por ejemplo, en la pasión que sentía por sus tie-rras, Beaufort y Carnarvon, dos ranchos tan grandes como el Reino Unido entero.

Al ver cómo había sufrido su hija los últimos años de vida de su padre, cuando había estado enfermo y no se había podido ocupar como era debido de las propiedades, y el miedo que le había dado enterarse de que era su única here-dera y que a partir de ese momento se iba a te-ner que ocupar ella, Natalie había buscado a Alex. Y no había sido una mala elección. Por todo aquello, Tattie había accedido a la farsa de casarse con un hombre que no la quería.

–¿En qué piensas, cariño? –dijo su madre.

Tattie parpadeó.

–Eh… en que es muy guapa Leonie Falconer, ¿verdad?

–Muy brillante, desde luego. Es diseñadora de joyas, ¿no? Supongo que tú sabrás más de ella que yo porque trabaja con Alex.

«Sí y no. Parece ser que soy la única que sabe que es o fue la pareja de mi marido. Lo que no sé es por qué soy la única que lo sabe. Tal vez, debería aplaudirles por haber sido tan discretos», pensó Tattie.

–A lo mejor, ha diseñado ella el cierre de tu collar. ¿Por qué no se lo preguntas?

Una de las cosas que le encantaban de Darwin era la cantidad de personas de todas partes que vivían allí. En media hora, había bailado con un armador danés, había conocido a una pareja china que tenía un famoso restaurante, a un neozelandés que hacía esculturas en acero inoxidable y a una diseñadora de moda japonesa.

El arte que tenía su suegra para montar fiestas maravillosas era increíble. Había dispuesto el bufé al aire libre y todo estaba envuelto por un delicioso aroma de rosas y orquídeas. Los invitados habían comido bien y bebido mejor, y se disponían a bailar. Todo estaba saliendo estupendamente.

Sin embargo, Tattie no pudo evitar encontrarse buscando a Alex y a Leonie. De momento, no los había visto juntos. Al girarse una vez más, se la encontró justo detrás de ella mirando el cierre de su collar.

—Uy, hola —dijo Tattie con alegría—. No nos han presentado, pero sé quién es usted... Lo que no sé es si tengo que darle las gracias por el cierre.

Leonie Falconer tenía ojos color ámbar, pelo largo y rubio, y un cuerpo escultural.

—No —contestó la mujer—. No es mío, pero es muy bonito.

—¡Gracias! —dijo Tattie mirando a su alrededor—. ¿Por qué ha venido, señorita Falconer? —le preguntó no viendo a su marido por ninguna parte.

Leonie Falconer la miró sorprendida. Aunque era mayor que ella y más alta, Tattie la miró con decisión.

La vio sonrojarse levemente.

—Por curiosidad, supongo —contestó encogiéndose de hombros—. Para saber por qué me han invitado, por ejemplo...

—La fiesta la ha organizado Irina, la madre de Alex. Ni él ni yo hemos sabido que estaba usted invitado hasta hoy mismo. Obviamente, mi suegra no sabe quién es usted. Si lo supiera, no querría ni verla de lejos.

–Entiendo –dijo Leonie, divertida–. Bueno, no se preocupe. Entre Alex y yo todo quedó claro hace tiempo. Me dijo: «Leonie, no montes escándalos o dejarás de trabajar para Constantin». No creo que tenga que decirle lo duro que puede ser Alex cuando quiere, ¿verdad? Sin embargo, cuando su breve infatuación con usted, señora Constantin, se le haya pasado, volverá a mí –dijo girándose y yéndose en un abrir y cerrar de ojos.

–¿De qué hablabais?

Tattie dio un respingo al encontrarse con su marido al lado.

–De lo mismo que supongo que han hablado todas las amantes y esposas del mundo en algún momento –contestó.

–¿A qué te refieres?

Tattie iba a contestar, pero vio por el rabillo del ojo que se acercaba su suegra.

–No te preocupes ahora por eso, Alex. Baila conmigo para que tu madre se crea que su fiesta ha sido un éxito completo –dijo abrazándolo.

Alex se quedó rígido unos segundos por la sorpresa.

–Me vas a tener que dar una explicación, Tatiana –le dijo, indicándole con el empleo de su nombre completo que estaba enfadado.

Sin embargo, le dio un beso y la sacó a bailar.

—Me voy a ir a dormir, Alex —dijo Tattie al llegar a casa a las dos y media de la madrugada.

—De eso nada, Tattie.

—Alex, no es el momento… —dijo con los zapatos en una mano y el collar en la otra.

—Siéntate, Tattie —le ordenó yendo hacia ella con dos vasos.

—¿Qué es? —le preguntó ella cuando le dio uno.

—Una bebida deliciosa. No te preocupes, no te voy a emborrachar para seducirte —le dijo viéndola un poco asustada.

Tattie se lo tomó como si estuviera muerta de sed y le contó la conversación que había mantenido con su amante. Luego se sentó de golpe.

Alex se apoyó en una columna dándole vueltas al vaso.

—Lo que te ha dicho no es exactamente la verdad.

—Me da igual, Alex.

—Por cómo va nuestro matrimonio, ya me imagino. Por cierto, me has dicho antes que querías que habláramos.

–Sí, bueno, pero... ahora no. No puedo pensar.

Alex se acabó la copa lentamente.

–Te propongo que dejemos de hacer el tonto y hagamos despegar nuestro matrimonio.

–¿Estamos haciendo el tonto? –dijo intentando ganar tiempo.

–Llámalo como quieras, pero ya sabes a lo que me refiero. Sabías dónde te metías, Tattie, y tu propuesta de un año de celibato me pareció bien. Ahora sabemos que nos llevamos muy bien, que nos soportamos...

–Sí, como hermanos, Alex. Nos llevamos como hermanos, ¿eh? Acostarnos sería otra cosa...

Alex dejó la copa en una mesa y se acercó a ella. Tattie lo miró perpleja mientras le quitaba el vaso de las manos y la ponía en pie.

–Tattie, cariño, acostarnos solo mejoraría nuestra relación. Confía en mí –le dijo acariciándole de nuevo el escote, aunque ya no llevaba el collar–. Consúltalo con la almohada.

–Yo...

No podía ni hablar de lo que le provocaba su proximidad.

–Mañana me tengo que ir de viaje –le dijo–. Serán unos cuantos días, así que vas a tener tiempo de sobra para pensártelo. Luego podríamos ir a Beaufort. He tenido un par de ideas para el rancho.

¡Chantaje!

Tattie se sentó y miró el reloj. Las nueve de la mañana. Aunque estaba agotada, le había costado dormir con aquella idea dándole vueltas en la cabeza. Para colmo, los pocos ratos en los que había conseguido descansar un poco, no había parado de pensar en Leonie Falconer.

No había otra posibilidad. La estaba chantajeando con lo de Beaufort. Su marido sabía lo mucho que amaba ella su rancho y lo mucho que le interesaban las ideas que pudiera tener para su mejor gestión y administración.

—¿Por qué no te preguntas por qué quiere seguir casado contigo? —murmuró para sí misma.

¿Por fin se habría obrado el milagro con el que no se atrevía ni a soñar? ¿Se habría enamorado, por fin, su marido de ella? ¿O sería que había llegado el momento de unir sus posesiones en una de las mayores operaciones de ganado que se podían hacer en el país?

¿Por qué aquella última posibilidad se le antojaba más probable?

Normalmente la trataba como a una niña, pero el día anterior la había hecho sentirse deseada.

¿Por qué se habría deshecho de su amante? ¿Porque encontraba deseable a su mujer?

En ese momento, sonó el teléfono.

—¿Sí?

—¿Tattie? —la saludó su suegra—. Querida, te llamaba solo para decirte lo bien que salió la fiesta de anoche, y todo gracias a ti.

—¿A mí, Irina? Claro que no. La artífice de que la fiesta fuera un éxito fuiste tú y solo tú.

—Pero estabas preciosa, ¿sabes? Y todos vieron lo bien que os va a Alex y a ti… —se interrumpió como para reunir valor para decir algo—. Tal vez, el año que viene podríamos celebrar la llegada de un pequeñín, ¿verdad? Tattie… ¿tenéis algún problema en ese sentido? Verás, tengo el mejor ginecólogo del país. Si lo necesitas…

—Irina, no tenemos ningún problema, pero ese tema es algo entre Alex y yo, ¿de acuerdo?

—Perdón —dijo su suegra con voz trémula.

Lo último que quería era hacerla sufrir, porque la madre de Alex era una mujer realmente adorable y creía que aquel matrimonio concertado marchaba de maravilla.

—Te prometo que nunca volveré a hablarte de ello. Es que, al veros ayer tan bien, me he dejado llevar…

—No pasa nada —le aseguró Tattie—. ¿Qué te parece si quedamos a comer con mi madre y cotilleamos sobre la fiesta? ¿Qué tal en Cullen Bay?

Colgó y se preguntó si no estaría metiéndose cada vez más en una familia que, tal vez, un día tendría que abandonar. Puso el televisor y se quedó con la boca abierta al ver un documental sobre una familia mauritana en la que el patriarca elegía los maridos y las mujeres de todos sus hijos e hijas, que lo llevaban fenomenal, y aseguraba que era la mejor manera de casarse.

Apretó los dientes y se preguntó por qué la familia Constantin no habría elegido una mujer griega para Alex, una mujer con las mismas costumbres, que hubiera sabido cumplir con su deber de dar hijos sin pararse a pensar en el amor.

¿Tal vez porque Alex era tan cosmopolita y australiano como ella? ¿O tal vez porque no había podido resistirse a una rica heredera con dos ranchos importantísimos?

«¿Qué más da que no sea una de las nuestras? Es sumisa y tiene Beaufort y Carnarvon», se imaginó que podrían haberle dicho. ¿Podría resistirse a eso?

–Puede que no –se contestó a sí misma–. ¡No pienso tener un matrimonio de verdad con él hasta que no me conste que está locamente enamorado de mí!

# Capítulo 3

CUATRO días después, Tattie no había tomado ninguna decisión y no sabía exactamente cuándo volvía Alex de Broome. Intentó mantenerse ocupada en el bufé del que era recepcionista y donde se pasaba el día escuchando los problemas de los demás y tratando de ayudarlos.

El miércoles por la mañana, cuando se disponía a irse a trabajar, vio que tenía una invitación en el buzón. Era de una amiga que daba una comida informal en una conocida cafetería de Parap aquel mismo día. Se preguntó por qué Amy Goodall, con la que había ido al colegio en Perth y que también se había mudado a Darwin, no la había llamado por teléfono, pero se encogió de hombros y dejó la invitación sobre la mesa.

Se vistió con más esmero del normal y decidió ir porque Amy siempre había sido una persona divertida. Bajó al garaje y se montó en su Volkswagen Golf descapotable.

A las doce y media, se dirigió al centro comercial de Parap, situado en una maravillosa avenida llena de árboles; aparcó y salió del coche.

–¿Señora Constantin? –le dijo un hombre salido de la nada.

–Sí –contestó confusa.

No lo había visto en su vida, era alto, no se había afeitado en días y la miraba como enfadado.

–Haga lo que le digo –le ordenó apuntándola con una pistola.

Tattie sintió que el corazón se le salía del pecho.

–Qué diablos…

–Venga conmigo sin llamar la atención y no me haga utilizar el arma.

–Yo… yo… –se interrumpió al sentirse débil y como si se fuera a desmayar.

El hombre la agarró con fuerza del brazo y la condujo a un pequeño y viejo utilitario aparcado dos coches más allá del suyo.

Tattie intentó soltarse, pero el hombre le dijo una obscenidad al oído. Entonces tomó aire para gritar, pero sintió la pistola en la cintura y no pudo emitir sonido alguno. De repente, todo saltó por los aires.

Oyó el chirriar de unas ruedas, levantó la cabeza y vio que era el jaguar de Alex, que se bajó sin apagar siquiera el motor.

El secuestrador la colocó ante él y maldijo con furia, pero Tattie consiguió zafarse y tirarse al suelo. Entonces, Alex aprovechó para abalanzarse sobre el hombre. Tattie vio que la pistola había caído al suelo y se apresuró a agarrarla.

De todas formas, su marido estaba dando buena cuenta del otro hombre. Era mucho más fuerte que él y le estaba dando una buena paliza. Al poco rato, llegó la policía y Alex la ayudó a ponerse en pie.

–¿Qué…? No entiendo nada… ¡Estás sangrando!

–No es nada, Tattie. ¿Estás bien?

–Sí, creo que sí, pero… ¿por qué… qué…?

Alex la abrazó con fuerza.

–Vamos, te lo explicaré en casa.

Tres agentes los acompañaron a casa y escucharon atentamente la explicación de Alex.

–Cuando llegué esta mañana a casa, vi esta invitación en la mesa –dijo con la invitación de Amy en la mano–. Casualidades de la vida, esta mañana me encontré con Amy Goodall en el aeropuerto y estuvimos charlando. Yo venía de Broome y ella se iba a Sydney, así que era imposible que hubiera invitado a mi mujer a comer hoy. Entonces pensé que Tatiana estaba en peligro.

–Y nos llamó –apuntó el detective–. Bien. Señora Constantin, ¿conocía a aquel hombre de algo?

–No, no lo había visto nunca.

–¿Le pareció rara la invitación?

Tattie se encogió de hombros.

–Me pregunté por qué no me habría llamado por teléfono, pero a Amy le gusta dar sorpresas, no sé.

–O sea, que el hombre al que hemos detenido podría conocer bien cómo es la señorita Goodall. ¿La conoce usted bien, señora Constantin? ¿Cree que puede tener algo que ver con todo esto?

–¡No! Además, ni siquiera está en la ciudad, ¿no?

El detective se quedó mirando a Alex con gravedad.

–Creo que estamos ante un claro caso de secuestro.

Tattie ahogó un grito de sorpresa.

–Me parece que mi esposa ha tenido suficiente por ahora.

–¿Por qué querrían secuestrarme? –preguntó Tattie en cuanto la policía se hubo ido.

Alex se sentó a su lado.

–¿Tal vez por la cantidad de dinero que tenemos? –sonrió.

Tattie tragó saliva.

–Menos mal que viste la invitación. ¡Menos mal que te encontraste con Amy! No sabía qué hacer. Pensaba: «no se atreverá a pegarme un tiro en mitad de Parap a plena luz del día», pero no estaba tan segura, ¿sabes?

–Tattie, ya pasó. Me imagino que ha sido un episodio terrible, pero si te sirve de consuelo, no creo que te hubiera disparado. Además, está detenido.

–¿Y si son más? –se estremeció.

–Lo dudo –contestó Alex acariciándole el pelo–. Parece que actuaba solo.

–Ya –dijo sin poder parar de temblar.

–Eh, ya pasó y estoy aquí contigo –la consoló dándole un beso.

Como antídoto contra la extrema tensión nerviosa, funcionó. Al sentir sus labios, se tranquilizó y el miedo dio paso a otra cosa.

Qué bien se sentía en sus brazos. Estaba a salvo. La había defendido como si le fuera la vida en ello, como si le importara de verdad. Los pensamientos dieron paso a los sentimientos. Se olvidó de que ambos estaban hechos un asco. Solo podía pensar en un nuevo aspecto de sí misma que estaba saliendo a la luz, el de una mujer hecha y derecha con necesidades físicas.

Al sentir sus dedos en el brazo, se estremeció, pero de placer. Sin dejar de besarla, le acarició el pelo. Sentir su cuerpo fuerte y musculoso tan cerca la llenó de una sensación especial de excitación.

Alex comenzó a besarla más apasionadamente y ella respondió con la misma fuerza. Se miraron a los ojos y, de repente, vio un lado de su marido que nunca se había parado a observar: lo sensual que era. Espalda ancha, caderas bien formadas, los rasgos faciales y aquellos ojos…

Una cosa era tenerlo al lado en el coche y percibir su masculinidad, otra besarse castamente el día que anunciaron su compromiso y otra tenerlo enfrente besándola con fiereza.

Aquello le hizo pensar en las cosas más extrañas. De repente, se descubrió alegrándose de llevar unas braguitas tanga de encaje blanco con sujetador a juego. Se imaginó desnudándola y se sintió la mujer más deseada del mundo. Todo aquello le parecía tan erótico que cualquier sitio, el sofá, la alfombra o donde quisiera, se le antojaba el lugar perfecto para hacer el amor. Si no, se iba a morir.

Alex deslizó la mano bajo su vestido y le

acarició el muslo. Tattie no protestó en absoluto, pero… sonó el teléfono.

Le pareció maldecir en voz baja. Tattie se apresuró a sentarse como una estatua.

–La policía –anunció Alex tras colgar–. Tengo que ir a la comisaría. No hace falta que vengas. No te preocupes por quedarte sola. Están vigilando la casa por si acaso.

Tattie se mojó los labios y no dijo nada.

–¿Por qué no te duchas y descansas? –le sugirió–. ¿Quieres que llame a tu madre o a la mía?

–¡No! Eh… no, gracias –contestó intentando sonreír–. Prefiero estar sola.

–Tattie –dijo sentándose a su lado y pasándole el brazo por los hombros descuidadamente–. Estás como si acabaras de vivir un terremoto… y no me refiero solo al aspecto físico. A los dos nos ha gustado lo que acabamos de hacer. Esto debería ayudar a nuestro matrimonio, ¿no?

Tattie no contestó.

–Bueno… –sonrió Alex– piénsatelo. Volveré cuanto antes. Voy a llamar a tu madre y a mis padres. No quiero que se enteren por la radio y no me parece bien que te quedes sola.

Esperó hasta que llegaron George, Irina y Natalie, que no tardaron mucho. Aunque creía que prefería estar sola, al verlos allí, ocupándose de ella, preparándole té y bizcocho y abrazándola, se dio cuenta de que no era así.

Les contó lo que había pasado y no se dio cuenta de cómo le brillaban los ojos mientras les narraba lo valientemente que la había defendido su marido.

Al cabo de un buen rato, los logró convencer para que la dejaran sola porque se iba a meter en la cama. Le costó un gran esfuerzo, sobre todo con su madre, pero lo consiguió.

Se dio un buen baño de espuma en su maravilloso baño de mármol color crema. A pesar de que había puesto sales relajantes en el agua y había encendido un par de velas, no se relajaba.

¡Primero la habían intentado secuestrar y, luego, su marido le había descubierto un aspecto nuevo de sus vidas! Demasiado en pocas horas.

¿Por eso querría Leonie Falconer volver con Alex, por su irresistible y peligroso lado sensual?

Al ver que se le estaban arrugando las yemas de los dedos, salió del baño para no parecer una pasa. No podía dejar de pensar en Alex y su amante.

¿Cuánto tiempo haría que había prescindido de ella? ¿Querría eso decir que no la necesitaba específicamente a ella sino que le valía cualquier mujer?

Decidió preguntárselo, pero no sabía si iba a tener valor para hacerlo. Estaba muy bien eso de intentar hacer frente a las situaciones, pero, ¿quién le aseguraba que, una vez hecho, no le esperara un matrimonio en el que su marido tuviera todas las amantes que quisiera porque ella ya se habría entregado, le habría dado herederos y dos ranchos?

Se puso una falda larga para ocultar las rodillas magulladas. Como no tenía nada mejor que hacer, se puso a preparar la cena. Hacía una noche bonita, así que puso la mesa fuera; estaba terminando la ternera con arroz y ensalada cuando llegó Alex.

La miró, miró la cena y la exquisita mesa.

—Dame cinco minutos para que me duche —le pidió.

—Tómate el tiempo que quieras —contestó ella.

—Solo cinco minutos —repitió besándola al pasar a su lado.

Tattie se apoyó en la encimera porque le estaba sucediendo otra vez. El pulso acelerado, la respiración entrecortada, sudor en la frente y un fuerte tembleque interno. Se sentó en la mesa para intentar recuperar la compostura.

Alex llevó la cena y abrió una botella de vino.

–¿Saben quién es y por qué lo ha hecho? –le preguntó.

–Sí –contestó–. Ha confesado. Resulta que había trabajado para mí… aunque yo ni lo conocía. Era buzo. Lo echamos porque tenía problemas con el alcohol. Conoció a Amy Goodall en una fiesta y ella dejó escapar que te conocía. Entonces decidió encandilarla, por decirlo de alguna manera. Tuvieron una corta aventura durante la cual el tipo ideó cómo vengarse de mí a través de ti.

–¿Y Amy estaba al corriente? –preguntó Tattie con los ojos como platos.

–Amy le ha dicho a la policía de Sydney que es cierto que tuvo una relación con él, pero que no sabía nada de todo lo demás y, menos, que la estaba utilizando.

Tattie se echó hacia atrás en la silla.

–¿Esto quiere decir que deberé tener cuidado con episodios así toda mi vida?

–Si sigues casada conmigo, Tattie, vamos a tener que tomar precauciones, pero no me preocupa. Tenemos otros problemas más apremiantes. ¿Te sirvo?

Tattie asintió.

—¿A qué te refieres?

—Si sigues casada conmigo, podré protegerte, pero si no, seguirás llevando mi apellido y…

—Estaré sola —concluyó ella, asustada.

—Así es —contestó Alex pasándole un plato—, pero ese no debe de ser el motivo por el que decidas dejar a un lado las reservas que tienes sobre nuestro matrimonio. Y no me digas que no las tienes.

—¿Cómo… lo sabes?

Alex la miró con ironía.

—Tattie, en algunos aspectos eres como un libro cerrado, pero noto cuando no sabes qué hacer —dijo mirando la comida—. Aunque lo tenías muy claro antes de que sonara el teléfono, ¿eh? —añadió con malicia.

Tattie notó que se sonrojaba, pero sacó su vena Beaufort.

—¿Cuánto tiempo hace que no te acuestas con una mujer, Alex?

—Vaya. Uno de los famosos contraataques Beaufort —rio—. No conocí a tu padre, pero me han dicho que era un tipo duro. ¿Sabía que habías heredado su rapidez mental?

—Quizá —contestó—. Tal vez por eso me dejó Beaufort y Carnarvon. Deja que te diga que, aunque es cierto que me he dejado llevar un poco antes de que sonara el teléfono, eso no quiere decir que no me pregunte por qué lo haces. Amantes fuera de casa, tu mujercita en casa. ¿Por qué?

—Leonie se obsesionó con convertirse en mi mujer, con ocupar tu lugar, pero solo cuando me casé contigo. Antes, los dos teníamos muy claro que ella no se quería casar con nadie.

—¿Y la amenazaste con no volverla a contratar?

—Así es —contestó Alex—. De hecho, lo acabo de hacer.

—¿Por qué? —preguntó Tattie, sorprendida.

—Por haberte dicho lo que te dijo en nuestra fiesta de aniversario.

—¿No te parece un poco… exagerado e injusto?

—¿Te pones de su parte?

—Claro que no, pero…

—Por cierto, nunca me has contado cómo te enteraste —la interrumpió con curiosidad.

—Por una amiga que trabaja para ella y creyó que me estaba haciendo un favor.

—Comprendo. ¿Y tu amiga te contó la historia entera?

—Supongo… ¿Me vas a decir que no era tu amante?

—No —contestó Alex encogiéndose de hombros—, pero ya no estaba con ella cuando me casé contigo.

Tattie se quedó con la boca abierta.

–Entonces… qué… no entiendo…

–Te lo voy a contar todo, Tattie, a ver si conseguimos dejar atrás este tema de Leonie de una vez –murmuró.

Antes de hacerlo, recogió la mesa, sirvió más vino y se quedó mirando la bahía de Darwin.

–Cuando Leonie abrió su tienda en la ciudad hace un par de días, me encantaron sus ideas y sus diseños. Una cosa llevó a la otra e iniciamos una relación, pero siempre teniendo muy claro que ninguno de nosotros, recalco, ninguno de nosotros quería nada serio. Ella estaba completamente concentrada en su carrera y no se veía como madre y esposa. Luego, poco después de nuestro compromiso, decidió volver a Estados Unidos y lo dejamos.

Tattie lo miró muy atenta.

–No cerró la tienda, pero la dejó en manos de su ayudante –continuó Alex–. Cuando volvió, tú y yo ya nos habíamos casado. Me llamó para enseñarme lo que había estaba diseñando, me pareció maravilloso y volvió a trabajar para nosotros como diseñadora autónoma. Sin embargo… –hizo una pausa y la miró–. Bueno, qué te voy a contar, ya sabes cómo va nuestro matrimonio, Tattie.

–Pero, ¿por qué no me contaste todo esto cuando te… cuando te…?

–¿Cuando me diste aquel ultimátum la noche de bodas? –sonrió–. Porque me pareció que tenías razón. No me pareció bien forzarte a hacer nada que no quisieras y, además, así no me cerraba ninguna puerta. Si no recuerdo mal, me diste tu bendición para hacer lo que quisiera.

–¿Me estás diciendo que te forcé a volver con ella?

–Tattie, eres joven e ingenua, pero un año es mucho tiempo, ¿sabes?

Tattie se bebió el vino de un trago.

–Supongo –contestó sintiéndose más joven e ingenua que nunca–. ¿Y luego?

–Leonie había cambiado de opinión sobre el matrimonio y los hijos –contestó Alex escuetamente.

–Qué mal para ti, ¿no? –le espetó.

–¿Otro ataque Beaufort? –dijo molesto–. Mira, Tattie, he cometido errores, no lo niego, pero no creo que te hubiera hecho mucha gracia tener que estar peleándote con Leonie por mí, ¿verdad?

–Me dijo que… te habías encaprichado de mí y que por eso la habías dejado. ¿Es cierto?

–Tattie, lo que hay entre nosotros es solo nuestro –contestó Alex–. Nunca he hablado sobre ti con nadie. Solo con tu madre.

–Comprendo.

–Hablando de tu madre… ¿Te dijo ella que nuestro matrimonio estaba arreglado?

–Alex, no soy tonta, ¿sabes? No, mi madre nunca me ha dicho nada, pero sé cómo piensa.

–O sea que, ¿al enterarte de lo de Leonie lo tuviste claro?

–Más o menos, pero también tenía claro que no estabas enamorado de mí.

–¿Ah, sí? –preguntó divertido–. ¿Y tú?

–¿Yo qué? –preguntó sorprendida.

–Tu madre me dio a entender que estabas enamorada de mí.

Tattie cerró los ojos ante las maquinaciones de su madre, aunque hubiera dado en el clavo…

–Me gustabas un poco –dijo encogiéndose de hombros para intentar no darle importancia.

Alex sonrió.

–¿Solo un poco? Entonces, ¿por qué te casaste conmigo?

Tattie se preguntó presa del pánico si habría llegado el momento de poner las cartas sobre la mesa. ¿Qué otra cosa podía hacer? Nada en el comportamiento de Alex Constantin la hacía pensar que se hubiera enamorado perdidamente de ella.

–Yo… no tenía elección –confesó–. Beaufort y Carnarvon iban de mal en peor. A mi madre nunca le han importado demasiado y yo… −suspiró− no tenía experiencia suficiente para poder llevarlos sola.

Alex no dijo nada en un buen rato.

−Somos muy parecidos, Tattie.

−¿Ah, sí?

−Sí −sonrió ausente−. Los dos somos sinceros. Gracias por haberme contado la verdad. Lo único malo para ti es que, si de verdad te importan tanto tus ranchos, vas a tener que seguir casada conmigo.

Tattie tragó saliva con dificultad.

−Antes de que me digas por qué, me gustaría hacerte una última pregunta, Alex. ¿Te casaste conmigo para hacerte con los ranchos?

−En parte, sí. No podía dejar de pensar en lo mal que irían, lo siento, contigo al frente. No me parecía bien desaprovecharlos de esa manera, sobre todo en un momento en el que los precios de la ternera estaban subiendo como la espuma.

−Ah.

Se quedó mirándola. Tattie había bajado los ojos y parecía… ¿decepcionada?

−Pero quiero que tengas una cosa muy clara. Hasta que tú saliste con aquella idea tuya, estaba decidido a hacer que nuestro matrimonio funcionara.

–¿Un matrimonio sin amor? –le espetó mirándolo enfadada.

–Un matrimonio en el que acabaría habiendo amor, respeto y esperanzas comunes –contestó con tranquilidad–. No sé si sigues creyendo que es imposible que funcione, pero yo tengo claro que sí.

–Pero...

–Pero vivir como hermanos no va a hacerlo funcionar, Tattie –la interrumpió–. No sé si debería haberlo hecho, pero tenía que comprobarlo... Lo de antes del sofá, tu reacción, me anima a pensar que puede salir bien.

–Alex... –dijo sonrojándose–. Estaba conmocionada por lo que me acababa de pasar.

–¿Ah, sí? ¿Quieres que probemos otra vez? –dijo divertido–. Ahora ya no estás conmocionada, ¿verdad?

Tattie se puso en pie.

–No –contestó–. De eso nada.

–¿Qué te da miedo, Tattie? ¿Te asusta soltarte?

–Alex –dijo desesperada–. Tengo una razón muy buena para dejar nuestro matrimonio como está. Ya te la diré algún día. De momento, está ahí y debo tenerla presente.

–¿Otro misterio? –dijo con ironía–. ¿Hay otro hombre? ¿Un hombre que no tiene el dinero ni los conocimientos para salvar tus ranchos? ¿Es eso, Tattie?

Abrió la boca para negarlo absolutamente, pero se mordió la lengua.

—En tu vida ha habido otra mujer, ¿no?

—¿Quién es?

—¡Yo no he dicho que haya otro hombre! Solo que... no sé por qué deberías asombrarte si lo hubiera.

—¿Crees que te dejaría irte con otro después de haber salvado tus ranchos? —dijo mirándola con una furia inusual.

—Si no me quieres, no sé por qué debería importarte, Alex. A no ser que solo te interesen los ranchos, claro, o que te estuvieran saliendo las raíces de machito griego. Ninguna de las dos cosas me sorprendería lo más mínimo.

—¿Quién te crees que eres, Tatiana? No me cambiaría jamás por un Beaufort, ¿sabes? Mi importa bien poco tu apellido —dijo poniéndose en pie y yendo hacia ella.

Tattie no se pudo mover y Alex aprovechó para abrazarla y besarla. Fue un beso duro y sin piedad. Para su sorpresa, la excitó. ¿Cómo podía ser?

—Llevas un año jugando con fuego, Tatiana Beaufort —le advirtió—. No te sorprendas cuando te quemes —añadió dándose la vuelta y metiéndose en su despacho.

Dos días después, apenas se hablaban. Alex la trataba con poco interés y le había dicho que la visita a Beaufort tendría que esperar.

Lo que no esperó fue la grabación de los vídeos promocionales de la empresa Constantin sobre el cultivo de sus famosas perlas. Tattie había accedido a hacerlos semanas atrás y no se podía echar atrás.

—¿Me podrían traer un poco de agua, por favor? —pidió tras el primer intento.

Alex estaba allí, apoyado en la pared.

—Tattie, estás demasiado seria —le dijo yendo hacia ella—. Tienes que parecer una mujer joven y guapa, misteriosa y romántica como las perlas, alegre, agradable y vital... como eres normalmente.

Tattie se mojó los labios mientras se miraban a los ojos.

—Alex... a lo mejor te parece una locura, pero creo que saldría mejor si te fueras. Me estás poniendo... nerviosa.

—Eh... —intervino el director—. Lo que dice la señora Constantin es muy normal. Es más fácil actuar ante gente que no se conoce de nada. Por otra parte, los consejos que le acaba de dar su marido son completamente ciertos. Esa es exactamente la imagen que buscamos.

—Como tú quieras, cariño —dijo Alex con amabilidad—. No quiero incomodarte. Te veo a la hora de la comida —añadió saliendo de la estancia.

¿Por qué le había sonado a amenaza aquella última frase?

—Cuando quiera, señora Constantin —dijo el director.

Tattie tomó aire y miró las perlas que tenía ante sí, lustrosas y exquisitas, observó sus colores… blancas, rosadas, plateadas, doradas y amarillas. Sintió su magia y se giró hacia la cámara.

—Estoy lista —dijo.

# Capítulo 4

**D**E VERDAD, el sexo salvaje libera el cuerpo y la mente... deberías probarlo.

Tattie se apoyó en la silla en la que estaba a punto de sentarse y miró a la persona que acababa de pronunciar semejante consejo. Alex había elegido ir a comer al club náutico, un lugar muy agradable con mesas en el exterior, bajo los árboles y junto al agua. Como era un día de diario, no había mucha gente.

–¿Creías que te lo había dicho a ti? –sonrió Alex.

Se trataba de un hombre de barba, tatuajes y sombrero a lo Cocodrilo Dundee que estaba sentado un par de mesas más allá con una mujer que parecía tan tranquila ante el tema de conversación.

–No sé –confesó.

Alex se sentó frente a ella.

–¿Lo has probado alguna vez?

–Seguro que tú sí –contestó mordiéndose el labio.

–Eso no contesta a mi pregunta.

–No pienso contestarla.

–Muy bien. Dejemos el sexo fuera del menú, entonces.

–Gracias –contestó Tattie–. ¿Me has invitado a comer para hacerme pasar un mal rato?

–Claro que no. Se me ocurrió de repente. ¿Qué tal la grabación?

Tattie esperó a que el camarero les sirviera las bebidas para contestar.

–El director me ha dicho que, una vez que me sobrepongo a los nervios, soy muy buena. No estoy de acuerdo, la verdad, pero… Además, no ha sido actuar de verdad.

–Supongo que habrás conseguido darle un poco más de vida que cuando estaba yo allí.

–Sí.

–¿Cómo?

–¿De verdad quieres saberlo?

–Sí, me pica la curiosidad.

Lo miró a los ojos, dio un trago de vino y se echó hacia atrás en la silla.

–Adoro este país, adoro Kimberley, que es donde empezó la historia del cultivo de perlas y donde tú tienes la mayor parte de tus empresas. Me parece algo fascinante. Pensé en ello y me salió bien.

—Me alegro de que algo de nuestra unión te parezca fascinante. ¿Pedimos la comida?

—Sí, pero antes me gustaría decirte que presiento que he caído en desgracia. ¡Me importa un bledo, para que lo sepas, Alex! Los dos sabemos por qué nos casamos y, precisamente por eso, no estoy preparada todavía para cumplir con mis deberes de amante esposa.

—¿Tampoco para dejarte llevar y practicar el sexo salvaje? El otro día me pareció lo contrario. Tuve la sensación de que no hubieras podido controlarte... Yo tampoco.

Tattie miró a su alrededor.

—¡No me puedo creer que estés hablando de esto en un lugar público!

Alex enarcó una ceja.

—¿Preferirías que lo habláramos solos en casa?

Tattie bajó la mirada e hizo un gran esfuerzo para intentar hacer caso omiso a las vibraciones que había entre ellos aunque tenían una mesa en medio.

Alex Constantin era un sueño, pero la realidad estaba resultando todavía más sensual, peligrosa y fascinante y menos fácil de controlar de lo que Tattie había creído e imaginado durante un año.

Las dudas la asaltaron. Aunque estaba enamorada de él, ¿tendría lo que buscaba en una mujer? Ella tenía veintiún años y era virgen. El otro punto importante era, ¿por qué, de repente, le daba la impresión de que había dos Alex y no los podía diferenciar?

–¿Te das por vencida?

Tattie se encogió de hombros.

–No sé contra qué estoy luchando, la verdad. No entiendo nada.

–No tendría por qué ser así.

–Alex…

Lo miró y estuvo tentada de bajar la guardia y de ponerse en sus manos en cuerpo y alma, pero entonces vio la cara de Leonie Falconer.

–Alex –repitió–, llevo toda la vida haciendo lo que los demás creen que es mejor para mí –añadió encogiéndose de hombros–. Les agradezco su amor y su preocupación, pero tengo que aprender a tomar mis propias decisiones. ¿Lo entiendes? –le preguntó angustiada.

Alex apartó la mirada de ella y observó la bahía.

–Muy bien –dijo–. Si necesitas más tiempo, no hay ningún problema, pero no pienso romper nuestro matrimonio. Tampoco es necesario pasar malos ratos, ¿verdad? –sonrió–.

En cuanto termines la grabación, nos vamos a Beaufort.

Las dos siguientes semanas, Tattie estuvo ocupada y feliz.

Acompañó a Alex y al equipo de rodaje a una granja de perlas. Cuando tenían tiempo, salían a pescar y a pasear por el río Drysdale.

Un día, prepararon comida y se fueron de excursión hasta una especie de anfiteatro que había en ruinas.

–Estamos como en el fin del mundo, ¿verdad? –dijo soñadora mirando el cielo azul–. Salvaje, indómito y maravilloso.

Alex asintió y sirvió dos tazas de té.

–Sé que adoras Australia y eso se nota en el vídeo, ¿sabes? Te has ganado a todos en la granja con tu entusiasmo, no sé si te habrás dado cuenta.

Tattie sonrió.

–Me alegra saberlo.

–A lo mejor, debería traerte más a menudo. Levantas el ánimo de la gente. Cada vez se me ocurren más razones para que sigas casada conmigo –dijo pasándole un trozo de bizcocho de frutas–. Todo esto te encanta. Has encajado como pez en el agua en mis negocios y eso es muy importante. Tener una mujer que se interesa y a la que se le da bien el cultivo de perlas es fundamental para mí.

Tattie parpadeó como si no lo entendiera.

—Mira tu madre, por ejemplo. Tú misma me has contado que no le interesaba lo más mínimo la vida del rancho. ¿Crees que eso ayudó en su matrimonio con tu padre?

—No, pero…

Era la primera vez que Alex sacaba el tema de su matrimonio desde el día del club náutico. Desde entonces, había vuelto a ser el Alex con el que había vivido un año y lo prefería así.

Era cierto que le habían gustado los besos y que todavía se estremecía al recordarlos, pero su objetivo principal era demostrarle que no era una niña tonta, sino una mujer inteligente, e involucrarse en sus negocios podía ser la forma de conseguirlo.

No le dio tiempo a decir nada más. Alex se levantó y se tiró al agua desde una gran piedra.

—Está helada —le dijo.

—¡Venga, no seas cobarde! —contestó ella quitándose la camiseta y los pantalones para ir tras él.

—Ya verás —le advirtió Alex sumergiéndose bajo el agua.

Antes de tirarse, se paró a recapacitar sobre

lo que tenían en aquellos momentos. ¿Nada de sexo salvaje? No, ¿y qué? Era mejor dejarse llevar por la lógica y el realismo.

Se tiró al agua y gritó de lo fría que estaba haciendo reír a Alex. El regreso al barco fue silencioso y tranquilo.

—Tatiana, estás increíble —le dijo su madre, que había ido a tomar café con ella cuando habían vuelto.

—Gracias.

—Estás radiante, hija. ¿Qué tal el vídeo? Me han dicho que fenomenal.

—Bueno, me lo he pasado muy bien haciéndolo y parece que ha gustado, pero tanto como fenomenal… —contestó modestamente—. Todavía no he visto la versión definitiva —concluyó sirviendo el café y sentándose.

—Entonces, ¿por qué estás tan contenta? ¿Y por qué llevas ropa tan suelta? ¿No será…?

—¡Mamá, no empieces! Estoy radiante porque he estado al aire libre y llevo ropa suelta porque tengo calor. Así de simple.

—¡Perdón! —dijo Natalie—. ¿Qué pasa? ¿Alguien más te está dando la lata con ese tema?

—Sí, la madre de Alex —contestó Tattie—. No deja pasar la oportunidad sin decírmelo. Para tu información, te diré lo mismo que a ella. Es solo cuestión de Alex y mía cuándo decidamos tener familia, ¿entendido?

Natalie la miró pensativa.

–Siempre podría volver.

–¿Para qué? ¿Volver de dónde, mamá?

–Tatiana... –dijo su madre, dubitativa, antes de tomar aire–. Me voy a volver a casar. Espero que no te enfades. No quiero que creas que te dejo tirada o que traiciono la memoria de tu padre, pero... vivir con él... no fue fácil, ¿sabes?

Al ver a su madre aterrorizada, Tattie se levantó rápidamente y la abrazó.

–Mamá, ¿por qué te da miedo decírmelo? Sé que tu matrimonio con papá no fue fácil. ¡Yo solo quiero verte feliz!

–Oh, Tattie –dijo Natalie llamándola por su diminutivo, algo que nunca hacía–. A veces, te miro y veo la mirada dura de tu padre y creía que… bueno, olvídalo. Me daba mucho miedo que no te gustara la idea de que me hubiera vuelto a olvidar.

–Quiero saberlo todo –bromeó Tattie.

Natalie tardó apenas diez minutos en contarle que se había enamorado de un pintor viudo que llevaba seis meses en aquella zona, pero iban a vivir en Perth. Mientras hablaba de él, parecía una adolescente y Tattie descubrió un aspecto de su madre, mucho más amable, que la sorprendió gratamente.

–¿Por qué te sientes como si me dejaras tirada?

–Bueno, porque te traje a Darwin, te presenté a Alex… –se interrumpió al ver que su hija bajaba la mirada–. ¿Te va bien con él?

–Claro –mintió.

–Yo… Tatiana, a veces, me pregunto si no tendrías tus propios planes respecto a Alex Constantin.

Tattie comprendió que había llegado el momento de contarle a su madre que lo sabía todo desde el principio. No quería que aquello se siguiera interponiendo entre ellas.

–Qué mal me siento, hija –dijo Natalie–. ¡Ahora que lo sé, no pienso irme!

–No digas tonterías, mamá –contestó Tattie con cariño–. Me he metido en esto sabiendo lo que hacía, así que tú vete a Perth, empieza una nueva vida y no te preocupes por mí. Además, vas a estar aquí al lado… Mamá, no sabes lo que me alegro por ti. ¿Cuándo lo voy a conocer?

–Mañana por la noche, si Alex y tú queréis venir a cenar… En cuanto a Alex, podría…

–Mamá, por favor, deja a Alex de mi cuenta –le advirtió.

Natalie parpadeó sorprendida.

–Te pareces más a tu padre de lo que creía. No sé si Alex sabe dónde se ha metido.

Ambas se rieron.

Sin embargo, cuando se quedó sola, Tattie no vio motivos para reírse. Alex tenía todas las cartas y estaba dispuesto a usarlas mientras que ella se estaba controlando para conseguir enamorarlo; pero temía no ser lo suficiente mujer para él si, al final, lo conseguía.

Hizo una mueca, sacudió la cabeza y se preguntó si estaba loca...

–Vaya, vaya –dijo Alex aquella noche cuando Tattie le contó lo de la boda de su madre.

–¿Qué quiere decir eso? –dijo ella, dispuesta a defender a Natalie a capa y a espada–. No la había visto nunca tan feliz.

Alex dejó la chaqueta en el respaldo de la silla, se quitó la corbata y se remangó la camisa.

–Que me sorprende porque creía que su vida giraba en torno a ti.

–No te cae bien, ¿verdad?

–Después de haber negociado con ella nuestra boda como si fueras un objeto...

–Lo hizo porque... creyó que era lo mejor para mí.

–Desde luego, protegió tus intereses como una leona.

Tattie tragó saliva.

—No lo supe hasta que no hubo marcha atrás.

—Lo sé. De lo contrario, tal vez, no me habría casado contigo —dijo sirviéndose un whisky—. ¿Quieres uno?

—No, gracias —contestó sentándose en el sofá y abrazando un cojín—. Perdón si me repito, pero, ¿qué quiere decir eso?

—Una cosa es una madre que quiere conseguir lo mejor para su hija, pero otra muy distinta es una esposa que quiere sacarle todo lo que pueda a su marido.

—Estoy de acuerdo, pero no es mi caso. Yo aporté dos ranchos al matrimonio.

—Según el contrato que firmamos, si no es de mutuo acuerdo, lo que es tuyo sigue siendo tuyo y lo que es mío sigue siendo mío. Solo nuestros hijos podrían quedarse con todo.

—¿No te parece un poco retorcido, Alex?

—Te diré lo que me parece, Tattie… Me parece que ya me estoy hartando de todo esto. Me gustaría dar un agradable paseo por el parque, cenar tranquilamente y acostarme con mi mujer, ¿sabes?

Tattie lo miró fijamente con la boca abierta.

—Y te diré otra cosa. Si me dejaras hacerlo, estarías mucho más tranquila, menos agresiva y amargada.

—¿Amargada?

–Sí, amargada hasta el punto de quererme sacar los ojos por haber hecho un leve comentario sobre tu madre.

Tattie se levantó y dejó el cojín en el sofá.

–Te equivocas… nunca te haría daño.

–Claro que sí –dijo él agarrándola del brazo–. ¿Quieres seguir jugando como una niña? A ver qué te parece esto –dijo abrazándola.

Tattie no protestó, no estaba dispuesta a que la acusara nunca más de ser una niña.

–¿Como una niña, Alex? ¿No será que no me conoces lo suficiente? –dijo pasándole los brazos por el cuello, poniéndole los labios a pocos milímetros de la boca y apretándose contra su cuerpo.

Alex inclinó la cabeza para besarla, pero ella no le dejó sino que bajó la cara y se puso a darle besos por el cuello. Le desabrochó un par de botones de la camisa y deslizó las manos por su torso.

–Mmm… me gusta –murmuró.

–Tattie… –dijo él con voz ronca.

–Llámame Tatiana, como haces cuando estás enfadado.

–Tattie… estás jugando con fuego –le advirtió.

–Ahora sí puedes besarme –le dijo.

Alex se intentó controlar un segundo, pero

no pudo y la besó con pasión. Tattie respondió con la misma fuerza mientras sentía sus manos en las zonas más sensibles de su cuerpo.

Al verse en el sofá con él encima y sin la parte de abajo, sintió que los pezones le estallaban de dolor y placer. Temblaba de deseo y no le importaba no poderse controlar.

Se sintió más viva que nunca y decidió entregarle su virginidad. Alex le quitó la camisa, se quedó mirando el conjunto de lencería azul pálido que llevaba y deslizó los dedos entre sus muslos.

—Así que puede que mi mujercita no sea la virgen que me habían prometido, ¿eh? —dijo mirándola a los ojos—. ¿Quién es él, Tattie?

Se sintió como si le tiraran un cubo de agua fría por encima. Tattie se incorporó y lo miró atónita.

—¡Nadie te prometió eso! ¡Eso no figuraba en el contrato!

—Me lo disteis a entender y es muy importante en este tipo de matrimonios —sonrió demoníacamente.

—¿A qué te refieres?

Alex se encogió de hombros.

—A que se supone que tienes que ser una mujer sumisa.

Tattie se levantó del sofá indignada.

—Lo sabía —gritó—. ¡No puedo soportarlo!

–¿Qué no puedes soportar? A mí me parece que te lo estabas pasando bastante bien...

–¡Tus costumbres griegas, eso de los matrimonios concertados con vírgenes que tienen que convertirse en esposas sumisas!

–Pues a tu madre no le pareció mal.

–Mi madre creía que estaba casándome bien, pero yo no tenía ninguna intención de mantenerme virgen para que me moldearas a tu gusto.

–¿Eres virgen, Tattie?

–¿Por qué? ¿Ahora te asaltan las dudas? Qué pena, porque puede que nunca lo sepas.

Alex se cruzó de brazos.

–Me estás retando, Tattie –le advirtió.

–Oh –se burló ella.

–Vamos a olvidarnos de todo eso de ser virgen, sumisa y moldeable, ¿de acuerdo?

–¡Has sido tú el que ha sacado el tema!

–Aquí lo importante es saber qué estarías dispuesta a hacer para salvar Beaufort.

Tattie lo miró espantada.

–Hay que hacer una inversión importante –continuó él–. Podrías hacerla tú, claro... si vendieras Carnarvon.

–¿Por qué iba a tener que vender Carnarvon?

–Porque tienes muchos activos materiales, Tattie, pero apenas tienes líquido.

–Pero… creía que el precio de la ternera estaba muy alto.

–Y así es, pero tu ganado está repartido entre dos ranchos tan grandes que reunirlo es una operación millonaria. Ya te dije que, para hacerlo, ibas a tener que gastarte casi todos los beneficios de este año.

–Ya lo sé. Ya lo hemos hablado y estábamos de acuerdo… Dijiste que…

–Mira, Tattie, el año pasado conseguimos dejar los dos ranchos bastante bien, pero cuando llegaron las lluvias, resultó imposible arreglar las carreteras, sobre todo en Carnarvon. Ahora mismo está bastante mal.

Tattie no dijo nada.

–Ya sabes lo que conlleva una batida así. Vaqueros, caballos, helicópteros, camiones y muchas cosas más.

–Vamos al grano. ¿Cuánto dinero te debo?

–De momento, nada, pero si decides abrir las carreteras de Carnarvon…

–Podría pedir un crédito –dijo mirando a su alrededor.

–Sí –dijo Alex encogiéndose de hombros–. También podrías ser mi socia, pero de verdad –añadió mirándola de forma inequívoca.

–¿Te sigo interesando a pesar de que puede que esté «usada»?

–Yo no he dicho eso, pero sí te pido que

no tengas otra relación paralela con otro hombre.

—¿Como hiciste tú con Leonie Falconer?

Alex se levantó.

—Esas son mis condiciones. Haz lo que quieras, Tattie. Ten en cuenta que la estación seca ya ha empezado y que, tal vez, ya no dé tiempo de arreglar Carnarvon este año —dijo poniéndose la chaqueta.

—¿Dónde vas?

—Fuera —sonrió.

# Capítulo 5

A LA MAÑANA siguiente, Tattie se dio cuenta de que Alex no había dormido allí.

Tal vez se hubiera ido a la casa de Brinkin, una nueva casa, situada en la playa de Casuarina, que acababan de comprar porque tenía un gran jardín en el que los niños podrían correr. Qué irónico.

No tenía por qué haber pasado la noche con Leonie, pero se estremeció al pensarlo.

La llamó su suegro para ver si podía ir a tomar un café con ella y Tattie le dijo que no había ningún problema. Al colgar, se preguntó qué querría George. ¿Insistirle también en que tuviera hijos?

—Qué guapa estás —le dijo al llegar.

George Constantin se parecía mucho a su hijo, también era alto, educado y tenía sentido del humor.

—¿Qué tal todo?

—Yo muy bien. Irina, la pobre, con molestias en la cadera. Tarde o temprano, va a tener que plantearse un transplante, pero le tiene tanto miedo a los hospitales, ya sabes... En todo caso, no he venido a hablar de mi mujer sino de mi hijo.

Tattie lo miró confusa.

—Me lo encontré ayer por la noche.

—¿Dónde...?

—En un bar. Había final de rugby y había quedado con unos amigos para verlo y tomar unas cervezas. Allí estaba Alex, solo y...

—No de muy buen humor —dijo Tattie.

—Exacto. Se unió a nosotros y fingió disfrutar del partido, pero conozco a mi hijo y sé que le pasaba algo. Si es algo personal, me lo dices y me voy por donde he venido, no sin terminarme el café, que está exquisito, claro.

Tattie removió su taza.

—No creo que hubieras venido a hablar conmigo si creyeras que es algo sin importancia, ¿verdad?

George se encogió de hombros.

—No, bueno... ¿Realmente conoces a Alex, Tattie?

Tattie parpadeó.

—Me pregunto si de verdad vuestro matrimonio va de cuento de hadas, como todos creemos.

—¿Cómo... lo has dilucidado? —murmuró

cerrando los ojos al darse cuenta de que acababa de confesarse ante él.

—Porque nunca os he visto cercanos espiritualmente hablando. He visto cariño y risas, pero no hay chispa entre vosotros. Nunca he visto a mi hijo mirarte como mira un hombre que desea a una mujer. Y lo mismo te digo a ti.

—¿Y qué queríais? No me quiere y nunca me ha querido. Hasta yo lo sé. Todo estaba amañado y, perdona, pero no me puedo creer que Irina y tú no estuvierais al tanto.

—Claro que sí. Como tu madre.

—Por lo menos, mi madre creía que estaba enamorada de Alex.

—¿Y lo estabas?

Tattie apartó la mirada y no contestó.

—Mi matrimonio con Irina también fue pactado —le dijo— y no nos puede ir mejor.

—Me alegro, pero... ¿cuántos años os costó?

—Buena pregunta. Veo que un año no te parece suficiente... Aun así, deberías dar un primer paso.

Tattie frunció el ceño.

—¿Te ha contado Alex algo?

George negó con la cabeza.

—No, nunca lo haría. Te voy a contar una cosa que no sabe ni siquiera Irina. Tal vez así entiendas mejor a mi hijo.

Tattie lo miró con curiosidad.

–Alex se enamoró perdidamente en una ocasión. La chica, Flora Simpson, también lo quería, pero estaba casada y volvió con su marido. Mi hijo se recubrió el corazón de una coraza dura e irrompible.

–¿Y sabiendo eso te pareció bien casarlo conmigo por conveniencia? Perdona otra vez, George, pero no creo que tengas muy buena opinión de las mujeres si eres capaz de…

–¿Hacerte algo así?

–Yo… –dijo Tattie mordiéndose el labio.

–Tattie, si lo quieres, ¿no merece la pena luchar por él? –dijo su suegro mirándola con compasión.

–¡Puede que nunca perdone la traición de Flora!

–Puede que él lo crea así, pero la vida sigue y las cosas cambian –contestó George–. ¿No le vas a dar una oportunidad?

Aquella misma tarde, Tattie se fue a Beaufort. Anuló la cena con su madre y su prometido y le dejó una nota a Alex diciéndole que no la siguiera, que necesitaba un par de días para pensar.

Marie, la mujer del capataz, fue a recogerla y Tattie le pidió que le dijera a su marido, Jim, que la acompañara al día siguiente a dar una vuelta a caballo para ver las últimas mejoras que se habían realizado.

La mujer accedió encantada y la dejó sola. Tattie encendió la chimenea, se hizo unos huevos revueltos y se los tomó frente al fuego mientras pensaba en lo mucho que amaba aquel lugar y los escarpados paisajes que lo rodeaban.

Su padre la había enseñado a apreciar el canto de los pájaros y el ruido de las cascadas. Su madre, sin embargo, había preferido que no se inmiscuyera demasiado en el cuidado del ganado, porque era una señorita, y por eso ahora se veía desvalida, teniendo que aprender de Alex.

Desconocía si saber por qué su marido era como era le había hecho bien o no. Se tumbó en un sofá y se quedó mirando el techo. ¿Cómo encajaba lo que le había contado George en la ecuación a la que se enfrentaba? Estaba claro que lo que Alex quería a cambio de ayudarla a salvar sus ranchos era un matrimonio de verdad, consumado.

¿Cómo podía haber sido tan ingenua? ¿Cómo no se había dado cuenta antes de que irremediablemente aquello iba a ocurrir? ¿Cómo había podido creer que iba a ser capaz de mantenerlo a raya con estúpidos ultimátums hasta conseguir que se enamorara perdidamente de ella?

Cerró los ojos y apoyó la cabeza en el cojín de plumas. «Porque era muy joven para saber en lo que me estaba metiendo», se dijo. Porque había creído en secreto que podría hacer que se enamorara de ella…

Pero no había sido así.

El problema era que estaba tan enamorada de Alex, que no sabía si podía dejarlo. ¿Serviría de algo separarse de él? ¿Dejaría de amarlo entonces?

De repente, se descubrió llorando amargamente. La situación era horrible. Alex estaba enamorado de una mujer a la que no podía tener y ella se moría por que la quisiera.

Decidió irse a la cama y al día siguiente se levantó siendo otra mujer.

Adiós a la Tatiana Constantin ingenua que había creído que sería capaz de hacer que un hombre experimentado la amara, adiós a la inocencia. Decidió hacer lo que fuera para salvar Beaufort y Carnarvon sin tener que estar demasiados años casada con un hombre que era imposible que la quisiera.

—Jim —dijo quitándose el sombrero y secándose la frente sobre su yegua—, parece que el rancho está bien. ¿Y Carnarvon?

—Siento decirle, señorita Tattie, que las cosas no van muy bien por allí –contestó el capataz mirando al horizonte.

Los dos ranchos estaban unidos, pero la zona en la que hacían frontera era tan abrupta que era imposible cruzar de uno a otro y había que dar un rodeo tremendo.

–La última estación húmeda se tragó la carretera principal y, la última vez que yo estuve por allí, el ganado estaba muy disperso.

–¿Me estás diciendo que se está haciendo inviable?

–Tal y como está, sí, pero creí que Alex… –se interrumpió y la miró–. Creí que, con un poco de trabajo y tal y como están los precios de la ternera, Carnarvon podría salir adelante. Su padre nunca lo habría vendido y…

–Lo sé.

–La última vez que su marido estuvo aquí, descubrió un lugar en el que creyó que se podría construir una carretera que uniera los dos ranchos. Si quiere mi opinión, sería la mejor solución para reunir al ganado. Podríamos traer a Beaufort a las reses de Carnarvon, pero construir esa carretera cuesta mucho dinero.

Tattie se preguntó con un nudo en la garganta por qué Alex no le había contado aquello. ¿Se lo habría dicho si hubiera sido una buena esposa en todos los aspectos?

—Hablando del rey de Roma... —dijo Jim mirando al cielo.

—¿Es Alex? —preguntó Tattie, atónita ante la avioneta que los sobrevolaba.

—Sí. Reconocería su avioneta en cualquier lugar.

—Te agradecería que no volvieras a hacer una cosa así jamás, Tattie —le dijo Alex en cuanto se quedaron a solas.

—¡Pero si te dejé una nota!

—Podrías haber tenido un poco de cuidado con dónde la dejabas, porque se cayó por detrás de la mesa y la encontré por casualidad cuando se me cayeron las llaves del coche; pero estuve tres horas pensando que te habían secuestrado... No te quiero asustar, ¿sabes?, pero han intentado secuestrarte una vez y, de ahora en adelante, tienes que tener cuidado. Supongo que lo entenderás. Ya no eres una niña, ¿no?

Aquello no hizo más que añadir gasolina al fuego.

—En un momento dado, como no soy la esposa que deseas, te vendría incluso bien que me secuestraran, ¿no? Te quitarías un problema...

—¿Cómo dices eso?

Tattie no pudo contestar porque las lágrimas le corrían ya por las mejillas y tuvo que limpiarse la nariz con la manga de la camisa.

–Como no soy Flora Simpson o como se llame…

Alex la tomó por los hombros con tanta fuerza, que le hizo daño.

–¿Quién…? –se interrumpió para recobrar el control–. Mi padre, ¿no?

Tattie tragó saliva para no contestar.

–Te lo tenía que contar, claro –dijo Alex.

–Lo ha hecho por ayudar –contestó Tattie.

–¿Cuándo te lo ha dicho?

–Ayer.

–¿Por eso te fuiste de casa?

Tattie no contestó y Alex se quedó mirándola.

–Muy bien, ve a lavarte mientras preparo algo de beber. Es la hora de comer.

–¿Y si, en vez de beber algo, comemos?

–Anda, ve a cambiarte –sonrió Alex.

Al volver, Tattie se encontró con que su marido había preparado sándwiches de jamón y una ginebra con tónica para cada uno.

–Cuéntamelo todo –le pidió.

Tattie se limitó a decirle que su padre estaba preocupado.

Alex puso los ojos en blanco y maldijo.

–Tattie, eso fue hace seis años y fui yo el

que le dijo a Flora Simpson que se volviera con su marido cuando descubrí que lo que buscaban en mí era dinero.

Tattie lo miró con los ojos muy abiertos.

—No sigo enamorado de ella —le aseguró—. Me olvidé de Flora hace años.

—Entonces, ¿por qué cree tu padre que…?

—Porque mis padres están desesperados por tener un nieto.

Tattie frunció el ceño.

—¿Por qué no me habías dicho nada de construir una carretera entre los dos ranchos?

—¡Menudo cambio de tema! No es que no te agradezca que dejemos de hablar un rato de nuestro tortuoso matrimonio, no te creas… No te lo había dicho porque es una cuantiosa inversión. A largo plazo, convendría hacerlo, pero…

—Pero a corto plazo nos lleva de nuevo a hablar de nuestro tortuoso matrimonio —dijo Tattie, agotada mentalmente.

Alex la observó mientras se tomaba la ginebra. La dejó sobre la mesa como si no le gustara, se retorció las manos varias veces, tenía ojeras… No la había visto tan desvalida jamás.

—¿Qué te parece si hacemos un descanso?

Tattie lo miró sin entender.

—¿Quieres que vayamos en avioneta esta

tarde al lugar donde creo que podríamos abrir la carretera?

Vio que se le iluminaban los ojos, pero se dejó caer hacia atrás en el sofá.

–No me quiero hacer ilusiones –contestó–. No tengo dinero para pagarla. Alex… –dijo tomando aire–… he venido para intentar dilucidar cómo puedo llevar Beaufort sin depender de ti.

–¿Tanto significa este lugar para ti?

«No, tanto significas tú para mí. No quiero un matrimonio sin amor. Todavía no me creo lo de Flora Simpson», se dijo.

–Me parece que ha llegado el momento de que me responsabilice de mis cosas –contestó intentando sonreír–. Está claro que he cometido unos cuantos errores, pero…

–¿Como casarte conmigo?

–Eso parece…

–¿Creías que un año a mi lado te permitiría adquirir los conocimientos que no tenías?

–Sí, pero me he dado cuenta de que lo que tengo que hacer es aprender a apañármelas yo solita –dijo con decisión.

Alex se quedó mirándola. No sabía qué sentía por ella, pero estaba decidido a descubrir qué la hacía vibrar. Lo había intentado por las malas, por decirlo de alguna manera, y no había conseguido nada, así que decidió mostrarse más sutil. Además de tener espíritu luchador, aquella mujer era realmente guapa y le había demostrado dos días atrás que podía resultar de lo más sensual...

–¿En qué piensas?

–En si podría darte un curso acelerado sobre ganado antes de que me dejes –contestó Alex–. Tengo la próxima semana libre.

Tattie lo miró sorprendida.

–¿Así, sin más?... Quiero decir, ¿sin pedir nada a cambio?

–Sin pedirte nada a cambio –contestó Alex–, pero tampoco te aseguro que vaya a ser tu salvación. De todas formas, podemos intentarlo.

–¡Gracias! –exclamó Tattie, radiante–. ¿Podemos empezar hoy mismo?

–Por supuesto –contestó deseando verla alguna vez tan radiante por él–. Podemos sobrevolar Carnarvon para que veas a lo que te enfrentas.

Aquella noche, Tattie estaba abatida. Había visto lo mal que estaba la carretera de Carnarvon, cómo el ganado se había esparcido por todo el rancho, a los toros salvajes que habían conseguido erradicar de Beaufort y que eran un peligro para las terneras... estaba agotada.

–Déjalo ya –le dijo Alex al ver que se disponía a mirar unos documentos después de cenar–. Descansa mientras yo preparo café.

Cuando volvió al salón, se la encontró dormida. La observó en silencio, la tomó en brazos y la llevó a la cama.

–Perdona por tener que haberme acostado en la cama anoche –dijo Tattie a la mañana siguiente.

–No pasa nada, pero hoy nos lo vamos a tomar con un poco más de tranquilidad, ¿de acuerdo? –contestó Alex–. ¿Te apetece ir a algún lugar de Beaufort en especial?

–¡Podríamos ir a mi cascada favorita! Solo es una hora a caballo.

–¿Quieres que nos llevemos una cesta con comida?

–¡Estupendo! –contestó Tattie dando buena cuenta de su desayuno.

Varias horas después, estaban sentados comiendo junto a la cascada.

–Empecé a venir aquí cuando tenía seis años y me compraron mi primer caballo –le contó–. Aquel año, mi padre me regaló tam-

bién mi primer perro, un pastor alemán...
—añadió con tristeza.

—¿Qué le pasó?

—Se murió de repente.

—¿Y no te compraron otro?

—No, como estaba siempre interna, mi padre decidió que no merecía la pena...

Alex la miró con compasión.

—O sea, ¿que te llevabas bien con tu padre?

—Sí, pero no siempre. Él hubiera preferido tener un hijo y mi madre luchó con uñas y dientes para que no me convirtiera en un chicazo. A veces, me hacían sentir como entre la espada y la pared —contestó encogiéndose de hombros—. Tal vez habría sido mejor que le hubiera dejado salirse con la suya, porque lo que consiguió fue que se comportara estrictamente conmigo.

—Estaría muy orgulloso de ti si te viera ahora.

—¿Tú crees? ¿Por qué?

—Porque eres una mujer alegre, interesante, animada y... encantadora.

Tattie estuvo a punto de derramarse el té por encima.

—Te han sorprendido mis palabras —murmuró Alex.

—Un poco —confesó ella—. Supongo que

piensas eso de mí porque finjo cuando estoy contigo.

–Vaya, si me lo hubieras dicho antes… Me parece que todavía no conozco a la verdadera Tatiana Beaufort.

–Puede –contestó Tattie recogiendo las cosas–, pero ya sabes quién tiene la culpa de eso: tus padres.

–Y tu madre. Es cierto que nos casamos por ellos, pero ahora nuestro matrimonio es cosa nuestra.

–Sí –contestó Tattie intentando mostrarse tranquila.

Al levantarse, sin embargo, los nervios la traicionaron, tropezó con una rama y cayó de espaldas casi sobre su regazo.

Alex la tomó en brazos.

–Tattie…, ¿estás bien? –dijo al borde de la risa.

–Sí, muy bien –mintió ella.

De repente, se dio cuenta de que no le apetecía apartarse de Alex. Hubiera preferido besarlo, desnudarse para él y pedirle que le demostrara allí mismo lo encantadora que le parecía.

Durante unos segundos, le pareció que la iba a besar, pero no lo hizo. Se limitó a mirarla lánguidamente, como si fuera la única mujer del mundo. Se levantó y le sugirió que volvieran a casa. Confundida, obedeció sin poder olvidar sus ojos y durante todo el camino de vuelta a casa se preguntó qué estaba ocurriendo entre ellos.

Al llegar, comprobaron que Marie les había preparado una maravillosa cena. Había sacado la cubertería de plata y les había puesto una mesa exquisita.

La mujer estaba radiante y Tattie decidió que sería una falta de educación por su parte no cenar con Alex.

Mientras se daba un baño y se cambiaba, decidió que su marido debía tener algo que ver con todo aquello. Seguro, pero, ¿por qué?

Al bajar al comedor ya cambiada para cenar, él la estaba esperando y le ofreció una copa de jerez.

—Todo esto ha sido idea tuya, ¿verdad?

—No, Marie me ha dicho que te estabas cambiando para cenar y he hecho lo mismo —contestó él.

Tattie lo miró con el ceño fruncido.

—No termino de creérmelo. Todo esto huele a conspiración.

—¿Conspiración para qué?

—No lo sé —contestó tomándose el jerez.

—¿Qué más da de quién haya sido idea?

¿No te parece buena? —dijo él, muy tranquilo—. Estás muy guapa… ¿Cenamos?

Marie les sirvió la maravillosa cena y los dejó a solas para los postres.

—Estoy agotada —dijo Tattie al oír la puerta—, pero la pobre mujer quería halagarnos. Supongo que quería imitar el estilo de vida de los Constantin —comentó.

—Estamos en terreno de los Beaufort, Tattie, así que no te metas con mi familia —sonrió él.

—¿Nos tomamos el café frente a la chimenea? —propuso ella levantándose.

Una vez sentados, Tattie tomó aire.

—¿Sabes una cosa, Alex? Tu padre tenía razón, no sé mucho de ti.

—Espero que no me vayas a sacar el tema de Flora Simpson otra vez porque no hay nada que añadir, de verdad.

Tattie apoyó la cabeza en un cojín y lo miró. Alex estaba sentado enfrente de ella mirando las llamas.

—No, no me refería a ella —contestó Tattie—. Me preguntaba cómo concuerda que seas un vaquero avezado y tu entorno de cultivo de perlas.

—Cuando tenía diecisiete años, mi padre decidió que había que diversificar negocios y me metió de lleno en ellos. Compró Mount Cookson y me dijo que dependía de mí hundirlo o sacarlo a flote.

—Y lo sacaste a flote, claro.

—Bueno, estuve a punto de hundirlo, pero tuve suerte y me salvaron los búfalos.

—Sigue —le pidió interesada—. No sabía nada de eso...

—Se me ocurrió empezar a importar búfalos de Indonesia y del sureste asiático y me fue muy bien.

—No hace falta que lo jures... No sé, Alex, tengo la impresión de que quieres demostrarme en este curso improvisado de una semana que no soy capaz de llevar el rancho.

Alex enarcó una ceja.

—Perdona si te he dado esa impresión, porque mi intención era ayudarte.

—¿Crees que puedo hacerlo?

Alex no contestó.

—Por favor, sé sincero.

—No, no lo creo —contestó mirándola fijamente.

—¿Y esperas que me dé cuenta por mí misma y que me resigne a dejar que seas tú el que salve mis propiedades y a seguir casada contigo?

Alex dejó la taza de café sobre la mesa, se levantó, puso otro leño en el fuego y la miró con las manos metidas en los bolsillos.

–No creo que eso sea lo que tú quieres –le dijo.

Tattie se encogió de hombros.

–No tengo opción.

–Entonces me gustaría proponerte algo –dijo.

# Capítulo 6

TATTIE se quedó mirándolo con la boca abierta.

—¡Repítelo! —le dijo incorporándose.

—El turismo está creciendo cada vez más en esta zona del país —repitió Alex—. Vienen turistas de todas partes y muchos ranchos ya se están metiendo en el sector. Se ofrece alojamiento, se enseña a los turistas la propiedad, se les explica qué se hace, ven el impresionante paisaje y se empapan de la cultura aborigen... Beaufort y tú podríais ser un destino excepcional.

—¿Por qué yo?

Alex miró a su alrededor y se encogió de hombros.

—Porque eres una Beaufort de pies a cabeza y porque tu familia lleva aquí toda la vida. A la gente le encanta esas cosas y tienes gusto. De hecho, esta casa no habría ni que tocarla...

—Esta casa la puso mi madre, pero continúa.

—Además, llevas la tierra en la sangre, Tattie, y eso se nota. Los huéspedes lo notarían y pagarían lo que fuera por verlo en vivo y en directo.

Tattie parpadeó varias veces.

—No sé qué te parecería tener tanta gente en tu casa…

—Si con eso salvo Carnarvon, me parece bien —contestó—. Lo malo es que tardaría años en ponerlo en marcha… Tendría que pedir un crédito y…

—¿Y si fuéramos a medias?

Tattie lo miró fijamente y Alex se encogió de hombros.

—Desde el punto de vista financiero, es cabal. Tenemos barcos que hacen el trayecto de Broome a Wyndham y nos conocen en todo el mundo, conocemos a un montón de gente, podríamos promocionar Beaufort.

—Sí, pero…

—Ya me devolverás el dinero que invierta aquí y en Carnarvon con lo que ganes del turismo.

—¿Y… nuestro matrimonio?

—Se queda como está.

—¿Por qué? Creía que te querías deshacer de mí.

—He cambiado de opinión —contestó—. Puede que haya empezado a conocerte, puede que quiera saber qué te ha llevado a querer seguir casada conmigo… Quién sabe.

—Yo… yo… ¿Qué quieres decir con eso de que me has empezado a conocer mejor?

—Vales mucho más de lo que creía cuando me casé contigo y tengo la corazonada de que me lo quieres demostrar —contestó.

—¿Cómo lo sabes?

Alex se limitó a mirarla y no contestó.

—¿Y si no quiero seguir casada contigo cuando no tenga problemas de dinero y Carnarvon vaya bien?

—Ya hablaremos entonces de eso.

Tattie sintió emoción y alivio a la vez. «Sigo esperando que se enamore de mí, ¿verdad?», se preguntó.

Desvió la mirada y se estremeció. Llevaba días preguntándoselo. Lo volvió a mirar, pero era imposible saber qué estaría pensando Alex.

—Muy bien —dijo—. Lo voy a hacer. Gracias.

—Esto se merece una celebración —dijo Alex—. ¿Abrimos una botella de champán?

—¿Por qué no?

—No te muevas. Ya voy yo.

Cuando volvió, se la encontró exactamente en el mismo sitio. Abrió la botella, le sirvió una copa y se la dio.

—Chinchín —le dijo brindando.

—Chinchín —respondió Tattie.

—No pareces muy contenta…

—Estoy… sorprendida —contestó Tattie intentando sonreír.

—Bebe.

Tattie se bebió la mitad de la copa, hasta que Alex se la quitó de las manos, la puso en pie y la abrazó.

—Alex…

—Aparte de socios, somos marido y mujer, señora Constantin.

—Creía que habías dicho que nuestro matrimonio se iba a quedar como estaba.

—Pero esto ya lo hemos hecho, Tattie —contestó besándola.

Cuando sintió que le deslizaba las manos por debajo del jersey, le desabrochaba el sujetador y le acariciaba el pecho, Tattie se apretó contra su cuerpo y se estremeció. Le pasó los brazos por el cuello y lo besó con deseo.

Alex jugueteó con sus pezones y le acarició las caderas. Justo cuando Tattie estaba a punto de ceder y de rogarle que la llevara a la cama, se apartó y la miró.

—¿Qué…?

—No debemos seguir. No quiero que hagamos nada de lo que podrías arrepentirte, Tattie —contestó él.

–Tú… yo… –se interrumpió y lo miró a los ojos. Solo vio ironía. Comprendió.

–Tienes razón, muy bien. Buenas noches, Alex.

Antes de conseguir dormirse, Tattie se sintió como una tonta. ¿Cómo podía haber caído en aquel juego? Estaba claro que Alex le estaba intentando hacer ver que, cuando él quería, ella no podía controlarse y que era irónico que fuese precisamente ella quien no quisiera consumar el matrimonio.

Aquellos pensamientos la llevaron a la misma pregunta que se había hecho en infinidad de ocasiones.

¿Amaba u odiaba a Alex Constantin?

Al despertarse a la mañana siguiente, lo primero que pensó fue cómo se iba a enfrentar a él.

Cuando reunió el valor suficiente para vestirse y bajar a desayunar, se encontró un adorable cachorro de pastor alemán esperándola.

–¿Y esto? –preguntó emocionada.

–Jim me comentó ayer que una de las perras había tenido camada hace seis semanas y he ido a escoger uno para ti –contestó Alex–. Espero que te guste y que te haga compañía.

Tattie abrazó al animalito, que le besó la nariz y la miró con sus grandes ojos sin entender muy bien dónde estaba.

–¡Cosita, qué guapo eres! –exclamó Tattie.

Al cabo de un rato de juegos, el cachorro se quedó dormido. Entonces Tattie miró a su marido. «¿Qué tipo de juego te traes entre manos, Alex Constantin? Lo último que me apetece en la vida es que seas mi socio y mi marido porque no me gustas...», pensó.

–Tu madre y Doug Partridge llegan hoy, Tattie. Van a pasar unos días con nosotros –le dijo Alex.

–Eh... ¿Lo conoces? –dijo ella, sorprendida.

–Sí y me cayó muy bien. Creí que te gustaría tener a tu madre cerca para que te ayudara con el nuevo proyecto.

–Creíste bien, pero...

–Te veo rara. ¿Has cambiado de opinión?

Tattie cerró los ojos y miró al cachorro, que dormía plácidamente en sus brazos. ¿Qué se hacía con un hombre que besaba a una mujer hasta volverla loca, la dejaba con las ganas y luego le regalaba un perro?

–No, claro que no.

–Muy bien. ¿Desayunamos?

Los días que siguieron fueron muy ajetreados.

Natalie llegó con su prometido y a Tattie enseguida le cayó bien. Era un hombre grande, de pelo cano, que estaba encantado en Beaufort porque podía pintar paisajes, y lo mejor era que había hecho que su madre adorara el campo.

Además, Natalie estaba encantada con la idea de Alex, aunque le ofreció a su hija el dinero que su padre le había dejado si lo necesitaba.

–No, mamá, gracias, pero no quiero que arriesgues tu dinero.

–No creo que quieras tampoco el de Alex.

–No, pero él ya está metido.

–¿Y vuestro matrimonio?

–Como siempre –contestó intentando parecer tranquila.

–Tattie, de verdad, esto me parece una idea magnífica, hija, así que cuenta conmigo para lo que quieras y a por ello.

Una noche, pasadas las doce, Tattie oyó llorar a Oscar, que así era como había bautizado al cachorro, y bajó a ver qué le pasaba.

Al llegar, se encontró con Alex.

–¿Qué haces todavía vestido? –le preguntó.

–Nada, cerrando un par de cosas antes de irme mañana –contestó su marido.

–¿Te vas? Quiero decir… no sabía que te tenías que ir –dijo con el corazón latiéndole aceleradamente por la sorpresa.

–Mis planes eran quedarme unos días más, pero ha surgido algo. No te preocupes, tu madre y Doug se quedan contigo.

–¡Claro! No pasa nada. Estaré perfectamente incluso cuando se hayan ido ellos.

–Volveré en cuanto pueda, Tattie –le aseguró–. Hay cinco hombres ahora mismo en Beaufort, así que estás bien vigilada.

–¿Lo dices por si intentan secuestrarme otra vez? –bromeó.

–Jim sabe lo que pasó, así que hazle caso –contestó Alex, muy serio.

–¿Qué hay del amigo de Amy Godall?

–Está en la cárcel acusado de intento de secuestro y de tenencia ilícita de armas, así que no creo que lo volvamos a ver –le explicó–. Tattie, te quería pedir una cosa. Parece ser que Jim y Marie tienen una hija de dieciocho años que ya ha terminado el colegio. Tendría que irse a Perth o a Darwin para buscar trabajo, pero a sus padres les parece muy joven y…

–¿Polly? –rio Tattie.

–¿La conoces?

–¡Pues claro! Nos criamos juntas.

–Tanto mejor, porque te quería pedir que la contratáramos para el proyecto.

–Me parece una idea estupenda.

Se miraron a los ojos.

–Alex, te preocupas demasiado por mí... para no quererme –le soltó cerrando los ojos.

–Tattie... –dijo mirándola intensamente.

Sí, su plan estaba dando resultado. Su mujer le había dicho que no quería consumar el matrimonio porque tenía sus razones, pero él estaba dispuesto a demostrarle que se acostaría con él cuando él lo desease y, entonces, aquel matrimonio por conveniencia sería normal de una vez, quisiera ella o no.

Entonces, ¿por qué le parecía que no estaba actuando bien?

–Tattie –repitió–, independientemente de lo que haya entre nosotros, eres mi mujer, una buena persona y mi socia... Por cierto, el perro se ha dormido, así que, ¿por qué no lo metes otra vez en su cesta y te vas a la cama?

Tattie sonrió perversa.

–Si quieres que juguemos, Alex, jugaremos –le contestó sorprendiéndolo–. No te creas que te voy a dar la oportunidad de besarme otra vez y dejarme con las ganas porque no va a ser así. ¿Sabes lo que te digo? Que hasta que aprenda a dormir solo, Oscar va a dormir conmigo –añadió girándose y yéndose.

Alex la observó irse y deseó ser Oscar. «Uno cero para ti, Tatiana Beaufort», murmuró divertido.


Dos meses después, a Polly se le cayó un plato, maldijo, se tapó la boca con la mano y miró a Tattie con aire de culpabilidad.

–Creía que había superado lo de tirar cosas y decir palabrotas –se disculpó–, pero veo que no. Tengo miedo, Tattie. Hay ocho personas ahí fuera esperando a ponerme a prueba.

–Polly, no te van a poner a prueba. Lo vas a hacer estupendamente –la tranquilizó Tattie–. Estás estupenda. Tus padres, Alex y yo estamos muy orgullosos de ti.

Polly iba impecablemente vestida, se había cortado el pelo y había aprendido a maquillarse discretamente.

–Supongo que tienes razón –dijo.

–Voy a ver si los huéspedes quieren algo. Si me necesitas, llámame.

Polly asintió y tomó aire. Tattie miró a su alrededor por última vez y se dirigió al comedor, donde se iba a servir la cena en pocos minutos.

El primer grupo de turistas que tenían era

estadounidense y había llegado hacía un par de horas de un crucero en un barco de la empresa Constantin.

Marie, que se encargaba de la cocina, tenía fiebre altísima y estaba en la cama. Se suponía que Natalie tendría que haber llegado aquella mañana, pero se había torcido un tobillo; Alex no iba a estar porque Tattie así se lo había pedido y Oscar había hecho jirones una sábana en la pradera.

Solo estaban Polly y ella. La mesa estaba maravillosa, con la cubertería de plata, la cristalería de Bohemia y la vajilla de porcelana, y los huéspedes se mostraban encantados con sus habitaciones.

Ahora dependía de ella que se llevaran un recuerdo impecable de su estancia en Beaufort.

Tres horas después, Polly y Tattie estaban brindando con champán en la cocina.

–¡Qué noche! –exclamó Polly–. ¡Pero lo hemos conseguido! ¿Sabes que el viejo de ochenta años me ha pellizcado el trasero y casi le tiro el postre encima?

Tattie se rio como una niña.

–He visto la cara que ponías y no sabía qué ibas a hacer… Tienes razón, ha sido una noche movidita, pero todo ha salido bien. Has estado estupenda, Polly.

–Tú sí que has estado estupenda –contestó la chica–. Bueno… –añadió mirando la cocina.

–Te ayudo –se ofreció Tattie–. Menos mal que mañana hay barbacoa para cenar…

–Sí, pero antes de llegar a la cena tenemos que salir airosas del día –objetó Polly–. Ojalá Alex hubiera estado aquí para verte, Tattie. Has estado… regia.

–Le he dicho que no viniera. A veces me pone nerviosa.

–Te entiendo perfectamente –contestó Polly–. A mí me pasa exactamente lo mismo con mi padre.


Tattie se fue a dormir a las doce de la noche. No podía dejar de pensar en Alex, que se tenía ganado a todo el mundo en Beaufort, empezando por Polly, claro.

Delante de los demás, la trataba con infinita delicadeza y mimo, pero en privado mantenía la distancia a rajatabla.

Bueno, así habían estado un año y todo había ido bien. ¿Por qué ahora le costaba aceptarlo?

–No lo sé –murmuró apagando la luz–. No

puedo soportar que la situación no se re-
suelva. Sobre todo, porque sospecho que va a
conseguir que me rinda y caiga en sus brazos.
Para colmo, he sido yo la que ha empezado el
jueguecito aquel del gato y el ratón –suspiró.

Oscar se despertó y se subió a la cama.

–Ah, no, de eso nada, jovencito –le dijo sin
convicción–. Ya sabes que no puedes dormir
en la cama.

El perro no le hizo ni caso, se tumbó a su
lado y se durmió. Tattie lo miró y lo abrazó.

–Bueno, está bien, pero solo por esta vez.

Dos días después, cuando los huéspedes se
fueron, las cubrieron de elogios. Polly y Tattie
estaban radiantes.

El segundo día, a Marie le había bajado la
fiebre y se había podido ocupar de la cocina.
Polly y ella se habían llevado a los estadou-
nidenses a dar una vuelta a caballo por el
rancho y habían hecho una barbacoa bajo las
estrellas en la que todo el mundo había terminado cantando.

Así que la gente se iba encantada, jurando
que había sido la mejor experiencia de su vida
y, lo que era todavía más importante, que iban
a recomendar aquel lugar a sus amistades.

Tattie había estado tan volcada en su trabajo, que no se había enterado de la llegada de Alex.

—¡Oh! ¡No me había dado cuenta de que estabas aquí! —le dijo al girarse y chocarse con él.

—Ya veo. Por lo que puedo percibir, habéis triunfado, ¿eh?

—¡Completamente! —exclamó Polly—. ¡Me han invitado cuatro de ellos a ir a Estados Unidos!

—Te veo muy cansada —le dijo Alex mientras comían a solas en la terraza.

—Sí, la verdad es que ha sido agotador.

—¿Hay reservas para esta semana?

—No, pero el fin de semana va a ser duro porque hay que organizar una fiesta para seis en la casa de huéspedes.

—Entonces, ¿tienes la semana libre?

Tattie asintió.

—¿Te vienes conmigo a Darwin?

—¿Para qué? —dijo Tattie con los ojos muy abiertos.

—Para descansar.

—No… ¡Tengo muchas cosas que hacer por aquí!

—De eso se pueden ocupar Polly, Marie y tu madre, ¿no?

–Eh… Mi madre se ha torcido un tobillo.

–Ya está mejor. Me ha llamado esta mañana para decirme que vienen el próximo fin de semana.

Tattie miró el plato de comida y se bebió lo que le quedaba de vino.

–¿Y Oscar?

–Llévatelo –contestó Alex.

–No sé… no está acostumbrado a un piso…

–Pues lo sacas a pasear dos o tres veces al día y ya está.

Tattie ya no tenía más excusas.

Se quedaron mirándose a los ojos.

–A mi madre le van a poner una prótesis en la cadera pasado mañana –dijo Alex por fin–. Te quiere ver antes de entrar en quirófano. Está muy nerviosa.

–¿Por qué no has empezado por ahí? –dijo Tattie mordiéndose el labio.

Alex no contestó, pero se lo dijo con los ojos.

# Capítulo 7

AL DÍA siguiente, ya estaban en su piso de Darwin.

—¿Ya no te sientes como en casa aquí? —preguntó Alex viéndole la cara.

«No», pensó Tattie, pero no lo dijo.

—No es eso, es que se me hace raro haber vuelto.

—Tendrías que haberte traído a Oscar —insistió Alex.

—No quiero ni pensar en lo que el perro podría hacer en esta casa. La destrozaría en un par de horas.

Y era cierto, pero más cierto era que lo había dejado en Beaufort para poder volver cuanto antes.

—¿No eres tan buena educando perros como creías? —preguntó Alex, molesto.

—Solo tiene tres meses y medio —se defendió Tattie—. ¿Estás enfadado conmigo por algo?

Alex se quedó mirándola, se encogió de hombros y sonrió.

—Me estoy arrepintiendo de haberte regalado a Oscar porque estoy viendo que se ha convertido en lo más importante de tu vida... Qué tontería, no me hagas caso.

Tattie lo miró perpleja.

—¿No estarás celoso?

Alex se acercó y le dio un suave beso en los labios.

—Pues sí, lo estoy —confesó.

Tattie sintió que le flaqueaban las rodillas. No podía soportar tenerlo tan cerca. Menos mal que Alex se giró y se metió las manos en los bolsillos.

—Por cierto, perdona, pero he invitado a mis padres a cenar esta noche —le dijo cambiando de tema por completo—. Mañana operan a mi madre y es para que se distraiga un poco... Espero que no te importe.

—Claro que no —contestó Tattie.

—Muchas gracias —dijo Alex—. Tengo que acercarme por la oficina esta tarde, así que te dejo en paz —añadió yendo hacia la puerta—. Una última cosa: tengo una sorpresa para ti.

Tattie lo miró con curiosidad.

—Esta noche —dijo él saliendo.

Después de hacer la compra y preparar la cena, Tattie se metió en un baño de espuma para relajarse. El mero hecho de que Alex le hubiera dicho que tenía celos del perro la había puesto de los nervios. ¿Sería cierto o sería una nueva vuelta de tuerca en su juego?

Estaba tan a gusto en la bañera, pensando en sus cosas, que no oyó entrar a su marido.

Salió del baño desnuda y, al abrir la puerta que comunicaba con la habitación, se lo encontró.

–Perdón –dijo Alex–, creía que no estabas. Como está todo tan silencioso...

Tattie cerró los ojos. Se quería morir.

–Pareces una Venus –comentó él acercándose con una toalla en la mano–. ¿Qué digo? Eres mucho más guapa que una Venus.

Sus ojos se encontraron. Alex estudió su cuerpo, desde sus pechos pequeños y erguidos hasta los tobillos.

Tattie sintió que se ahogaba. Alex le dio la toalla, pero sintió que no se quería tapar.

–Tattie –dijo él sin poder dejar de mirarla.

Haciendo un esfuerzo sobrehumano, consiguió darse la vuelta. Tattie sintió una terrible decepción, pero en aquel momento... olió a carne quemada.

–¡Oh, no! –gritó–. ¡La cena! –añadió envolviéndose en la toalla y saliendo corriendo hacia la cocina.

Alex la tomó en brazos.

—¡Alex, no tengo tiempo para estas cosas ahora! ¿Qué vamos a cenar?

—Tranquila —contestó él llevándola a la cocina y dejándola junto al horno.

Tattie lo abrió y comprobó que, efectivamente, el asado se había quemado.

—¿Y qué hacemos ahora?

—No te preocupes. Conozco un restaurante en el que hacen unas costillas para llevar deliciosas.

—¿Te crees que tu madre se va a comer unas costillas de un restaurante de comida para llevar?

—Si no se lo decimos, no tiene por qué enterarse… —sonrió Alex.

Tattie suspiró aliviada y se le bajó un poco la toalla. Alex se apresuró a ponérsela en su sitio y a hacerle un buen nudo.

—¿Te importaría irte a vestir y dejarlo todo de mi cuenta?

—Muy bien —contestó ella.

—Una última sugerencia. ¿Te importaría ponerte la ropa menos sexy que tengas? Lo digo porque no sé si voy a poder controlarme y no es cuestión de montar el numerito delante de mis padres, ¿no?

Tattie tragó saliva y recordó lo maravilloso que había sido besarlo y tocarlo la última vez.

—¿Tattie? —insistió él.

–Sí, sí, ya me voy –contestó ella corriendo hacia la seguridad de su dormitorio.

La velada fue maravillosa, Irina dijo que eran las mejores costillas que había comido en su vida y vieron el vídeo promocional de las perlas Constantin, que encantó a todo el mundo.

–¡Ten cuidado, hijo, esta chica no va a tardar en hacer carrera en Hollywood! –bromeó George.

Pero la sorpresa era el vídeo que habían hecho de Beaufort. En él, se veía a Tattie a caballo, equivocándose constantemente de texto, a Oscar comiéndose el zapato del cámara, y a Polly diciendo palabrotas y acto seguido tapándose la boca y pidiendo perdón.

Todos rieron de buena gana e Irina se fue muy animada.

–Muchas gracias –dijo Alex tras acompañarlos a la puerta–. Mi madre se lo ha pasado en grande. Hacía tiempo que no la veía reírse tanto.

–Todo ha salido muy bien, pero ha sido gracias a ti y a tus costillas para llevar –contestó Tattie–. Por cierto, Alex, tus padres no han comentado nada de mi apresurada huida de Darwin…

–No.

—¿Les has dicho algo?

—Sí, que te habías ido porque necesitabas pensar —contestó encogiéndose de hombros.

—¿De verdad crees eso?

Alex la miró y sonrió.

—¿No es así?

—¡Es mucho más que eso! —exclamó Tattie.

—No sé, Tatiana, lo cierto es que nadie entiende muy bien cómo es que todavía no nos hemos acostado por tus tonterías. Piensa en qué lugar me pones.

—¡No son tonterías, Alex Constantin! —se defendió Tattie.

—Yo no he dicho que sean tonterías, pero los demás sí. Tu madre, sin ir más lejos.

—¿Mi madre? —dijo Tattie, estupefacta—. ¿Mi madre ha dicho eso?

—Sí —contestó Alex—. Tu madre me dijo que ya iba siendo hora de que te dieras cuenta de que te estás obsesionando con salvar Carnarvon como una verdadera Beaufort.

Tattie balbuceó algo incomprensible.

—Supongo que a ti lo que verdaderamente te preocupa es quedar mal como hombre por no acostarte conmigo. ¿Me equivoco?

—No me afecta, la verdad —contestó él tan tranquilo—. Para empezar, porque son nuestras familias y, para seguir, porque no saben la verdad.

–Alex, me voy a la cama y te advierto que voy a cerrar la puerta con llave porque veo que sigues jugando conmigo –le dijo apretando los dientes.

Alex la agarró del brazo.

–No hace falta que cierres con llave. Jamás te forzaría a hacer nada que no quisieras, pero quiero que te quede una cosa muy clara. Yo he ido en todo momento con la verdad por delante, no como tú. Al menos, ten el valor de admitir que me deseas tanto como yo a ti –le dijo soltándola y apartándose.

Tattie ahogó un grito de sorpresa, se dio la vuelta y se encerró en su habitación.

Al día siguiente, se pasaron toda la tarde en el hospital con Irina. No es que hubiera que hacer mucho porque todavía no había salido de la anestesia, pero, al menos, hacían compañía a George.

–Estás cansada, ¿verdad? –le preguntó cuando llegaron a casa por la noche.

–Sí –admitió Tattie.

–¿Quieres cenar algo?

–No… No sé…

–Mira, no quiero que nos volvamos a pelear –dijo Alex–. Vete al cuarto de estar, descálzate, túmbate en el sofá y ahora te llevo algo de cenar, ¿de acuerdo?

Tattie asintió.

—Gracias por haberte pasado todo el día con mi madre —le dijo.

Tattie hizo lo que le había dicho y Alex le llevó un sándwich de queso y una taza de té.

—¿Y tú? ¿No vas a tomar nada?

—No, he tomado algo con mi padre en la cafetería del hospital —contestó—. He hablado con Beaufort. Tu madre y Doug ya están allí. Todo va fenomenal y parece que Oscar te echa de menos porque no se ha comido ningún zapato desde que no estás.

Tattie sonrió y se comió el sándwich. Alex vio que se entristecía por momentos.

—Solo te echa un poco de menos, Tattie, no pasa nada.

—Ya...

—Mira, en cuanto mi madre esté bien, te prometo que nos vamos para allá y... solucionamos lo nuestro, si te parece bien. Este estado de neutralidad armada es insostenible.

—Muy bien —contestó ella—. ¿Te importaría que me fuera a dormir? Estoy realmente agotada.

—No, claro que no —dijo Alex observando

que estaba pálida–. Buenas noches, cariño. Duerme bien y no te preocupes. No es el fin del mundo.

«Puede que para ti no, Alex», pensó apoyándose en la puerta de su dormitorio. «Pero para mí sí. Ya no sé ni qué pensar, ya ni me conozco. Tal vez ese sea el problema. Lo que hay entre nosotros no es nada del otro mundo para ti, pero sí para mí».

Para colmo de males, Irina tuvo que pasar a la UCI al día siguiente por complicaciones del postoperatorio.

Los siguientes cuatro días fueron terribles porque estuvo a punto de morir.

–Si quieres volver a Beaufort… Sé que tienes huéspedes para el fin de semana… –dijo Alex.

Había envejecido diez años y estaba tan cansada, que apenas podía hablar.

–¿Crees que te haría algo así? –lo interrumpió Tattie.

–No es eso, pero…

–Alex, entre mi madre, Polly, Doug y Marie podrán con todo –le dijo con ternura–. Yo me quedo contigo. Vete a casa y descansa. Te llamo si se produce algún cambio, ¿de acuerdo?

–Pero, ¿y mi padre?

–Ya me quedo yo con él.

Dos días después, les dijeron que Irina estaba fuera de peligro y pudieron irse a casa.

Hacía una noche preciosa y Alex se quedó en la terraza disfrutando de la bahía mientras Tattie preparaba la cena.

Tras poner la mesa, se colocó a su lado en la barandilla.

–He pasado mucho miedo –dijo Alex mirando al horizonte–. No podría soportar que se muriera sin haber visto a los nietos que tanto ansía. He sentido que le he fallado.

–No has sido tú… sino yo –murmuró Tattie.

–No, tú no tienes la culpa de nada –la tranquilizó–. Es algo que va dentro de los griegos, ¿sabes?

–Pero si tu madre te adora, Alex. Eres un hijo maravilloso.

–Aunque a veces he terminado harto de que quisiera controlar mi vida… no sé qué haría sin ella…

–Te entiendo –dijo Tattie–. Tienes una madre muy especial. Es imposible no quererla, ¿sabes? Irina da mucha felicidad.

–Muchas gracias –dijo Alex.

Tattie sintió en aquellos momentos que

algo se había roto en su interior. Nunca lo había querido tanto. ¿Sería porque nunca lo había visto tan desvalido? En los últimos días, había visto su lado humano y se había maravillado.

No pudo evitarlo. Le pasó el brazo por la cintura y apoyó la cabeza en su hombro.

—Tattie, te lo agradezco, pero…

—Lo siento, pero no puedo evitarlo, así que te agradecería que no me hicieras sentir como una niña.

Alex soltó una carcajada, pero paró de reírse cuando la vio muy seria.

—Quiero que, por una vez, me dejes llevar las riendas, ¿de acuerdo? —dijo Tattie agarrándolo de la mano y yendo hacia dentro.

—Pero… la cena… —objetó Alex.

—La cena puede esperar.

La habitación estaba a oscuras, así que Tattie encendió una lámpara.

Alex estaba de pie en mitad de la habitación con aire confuso.

Tattie se acercó y le agarró la mano.

—Sé lo que estás pensando.

Alex la miró y enarcó una ceja.

—Que esto es como tomar la Bastilla, ¿verdad?

–Había perdido toda esperanza de utilizar tu habitación –contestó.

Tattie le besó los dedos.

–Pues aquí estamos y ya sabes para qué –le dijo.

–Tattie, en estas ocasiones hay un momento en el que no hay marcha atrás –le advirtió Alex.

–Lo sé, no te preocupes. Nunca te pediría algo así –le prometió.

Alex sonrió y la miró con ojos curiosos.

–¿Te estás preguntando cuánto sé sobre el tema? –dijo Tattie.

–Quizá –contestó él.

–Nada –confesó–. De hecho, no tengo ni idea de qué tengo que hacer a continuación, así que… supongo que confío plenamente en ti, Alex, porque quiero que me guíes.

Alex dudó. Lo tenía todo planeado para que sucediera precisamente aquello, pero tendría que haber sido cuando a él le hubiera dado la gana. Qué ironía que fuera a ser cuando a Tattie le apeteciera.

–¿Voy bien? –preguntó ella dándole un beso en la boca.

Alex la abrazó con fuerza.

–Muy bien –murmuró besándola con pasión y llevándola a la cama en brazos.

Allí le demostró cómo un hombre agotado

era capaz de hacer el amor con infinita ternura; le dijo tantas veces lo bonita que era que Tattie terminó creyéndolo. La desvistió y la acarició.

—Quiero hacerte lo mismo —susurró.

—Adelante —contestó Alex desnudándose para ella.

Y lo hizo hasta volverlo loco. Cuando no pudo más, se colocó sobre ella y la hizo sentir cosas que, lejos de darle el miedo que había creído toda su vida, la llenaron de placer y dicha.

—¿Estás bien? —le preguntó quitándole un mechón de pelo de la cara.

Tattie no podía hablar, así que no contestó.

Alex sonrió y la besó.

—Se suponía que tenía que ser yo la que te consolara —dijo por fin acurrucándose contra él.

—Y lo has hecho —contestó Alex—. Me siento un hombre nuevo.

—¿De verdad?

—Sí, de verdad, Tattie… Aunque tanto sexo salvaje es un esfuerzo físico, la verdad.

—¿Esto ha sido sexo salvaje? —preguntó boquiabierta—. ¿Sabes? Te confieso que creía que era otra cosa.

–¿Ah, sí? –dijo él enarcando una ceja.

–Sí, creía que era hacerlo en cualquier sitio, con lencería exótica y en posturas raras…

Alex se rio.

–¿Y me veías a mí metido en esas cosas?

Tattie se mordió el labio.

–En serio, ¿qué te ha parecido? –dijo Alex al cabo de un rato.

Tattie se quedó pensativa un momento.

–Ha sido la experiencia más maravillosa de mi vida –contestó sinceramente.

–Muchas gracias, señora Constantin –dijo Alex.

–¿Y a ti? –preguntó con timidez–. ¿He estado demasiado sosa o algo así?

–Por supuesto que no –le aseguró él–. Te prometo que ha sido una experiencia que no olvidaré mientras viva.

Con la tranquilidad de aquellas palabras, Tattie no tardó en quedarse dormida.

# Capítulo 8

A LA MAÑANA siguiente, Tattie salió cantando de la ducha.

Sin embargo, se dijo que todavía quedaban muchas cosas por solucionar entre Alex y ella y que, tal vez, fuera demasiado pronto para lanzar las campanas al vuelo.

En ese momento, entró él en el baño y la encontró con una toalla enrollada al cuerpo sonriendo de felicidad.

–La última vez que te vi así, casi me da un infarto en la cocina –comentó acercándose con una sonrisa picaruela y quitándole la toalla por sorpresa.

–¡No me lo recuerdes! –dijo Tattie dándose cuenta de que ya estaba completamente vestido–. ¿Me devuelves la toalla, por favor?

–¿Por qué?

–Porque no sé si te habrás dado cuenta, pero tú estás vestido y yo no.

–Ya… Te he oído cantar.

–Sí, suelo cantar en la ducha.

–¿De verdad? –dijo Alex enarcando una ceja–. O sea, ¿que no era por lo de anoche?

–Eh… un poco quizá –contestó intentando alcanzar la toalla. Imposible–. ¡Alex!

–¿Solo un poco?

Tattie lo miró fingiendo enfado.

–¿Qué tengo que hacer para que me dejes vestirme y desayunar?

–¿No te apetecería más practicar el sexo salvaje del que hablamos ayer? Cada vez que lo pienso, más me gusta la idea.

–¿Pero no te tenías que ir a trabajar? Si ya estás vestido y todo…

–Eso tiene fácil solución –contestó Alex desabrochándose la corbata.

–Me acabo de duchar –protestó Tattie.

–Y yo –dijo él quitándose la camisa.

En un abrir y cerrar de ojos, la tenía entre los brazos. Tattie vio un brillo especial en sus ojos y se dijo que era la primera vez que lo veía tan lleno de vitalidad. Al verlo desnudo, con sus poderosos hombros bronceados, el vello oscuro del pecho y los abdominales bien marcados, no pudo evitar pensar en la noche anterior.

Recordó cómo la había hecho sentir, cómo había recorrido hasta los rincones más recónditos de su cuerpo y se mareó al pensar que ella tendría el mismo efecto en él.

–Esto empieza a ponerse peligroso –dijo al verlo quitarse los pantalones.

Alex la miró a los ojos y deslizó una mano entre sus piernas.

Tattie se agarró a sus antebrazos y echó la cabeza hacia atrás.

–¿Te importaría besarme a la vez? Me encanta…

–Ningún problema –contestó Alex obedeciendo.

Al cabo de pocos minutos, Tattie gritó que se moría de placer y Alex aprovechó para introducirse en su cuerpo y alcanzar el clímax con ella.

–¿Sexo en vertical, Tattie? –bromeó–. Sí, tienes razón, esto empieza a ponerse peligroso –añadió tomándola en brazos y metiéndola en la ducha.

Al principio, cuando el agua empezó a caerle por encima, Tattie se revolvió y gritó, pero pronto estaba riendo con él.

Por fin, consiguieron desayunar en la terraza.

Beicon, huevos, tomates, tostadas, champán y zumo de naranja.

–Por ti –dijo Alex alzando la copa–. Por mi querida amante.

Tattie levantó su copa y brindó con él.

—No tengo palabras —le dijo.

—¿Tú? —bromeó él sonriendo.

—Ya me recuperaré, no te preocupes.

—No lo dudo —dijo apartando el plato—. ¿Qué planes tienes para hoy?

—¡Ni idea! ¿Por qué?

—Para que me des envidia… Yo me voy a pasar todo el día metido en el despacho.

—Pues seguramente iré de compras —contestó Tattie dejando los cubiertos en el plato—. A no ser que… ¿Se nota?

Alex se echó hacia atrás en la silla y la miró atentamente.

—Sí.

—¿Por qué?

—Porque estás radiante.

—¿De verdad? —rio.

—Sí, pero, ¿qué más da? ¿Es malo acaso?

—No, supongo que no —contestó Tattie—, pero me gustaría que no se lo dijeras a nadie, que esto fuera algo entre tú y yo de momento. No te tengo que decir que ha sido especial para mí, ¿verdad? Muy especial…

—Muy bien —dijo Alex levantándose—. Siento tener que dejarte, pero llevo cinco días sin aparecer por la oficina. Saldré en cuanto pueda —añadió acercándose y dándole un beso–. No te puedes ni imaginar lo difícil que se me hace irme…

Tattie se levantó y lo abrazó.

Durante la siguiente semana estuvieron prácticamente todo el tiempo juntos.

Hicieron el amor sin parar, salieron de excursión por el campo e incluso pasaron una noche fuera en un rancho a las afueras de Darwin.

Habló con Polly varias veces, que le dijo que todo estaba bajo control. Menos mal, porque no podía irse y dejar a Irina todavía.

Aquella noche que pasaron en Adelaide River Tavern fue especial y acabaron todos los huéspedes riendo y bailando.

–Me parece que a Beaufort le falta algo –le dijo a Alex cuando volvieron a su lujosa habitación.

–¿Ah, sí? –contestó él, concentrado en desabrocharle el sujetador.

–Sí, no sé si es un búfalo, como el que tienen aquí en el bar, pero… ¿Sabías que es el que domó Cocodrilo Dundee en la película?

–Búfalos tenemos, pero son salvajes –contestó él acariciándole el escote–. Como no quieras que los dome como él… para, digamos, ganarme tus favores en plan medieval…

–No me parece mala idea –dijo Tattie tomando aire al sentir el poderío de sus manos sobre los pechos.

Alex estaba sentado en la cama y ella se hallaba de pie entre sus piernas. Alargó la mano y sacó un pañuelo de su chaqueta.

–¡Te daría esto y tendrías que lucirlo a la vista de todos para que supieran que estabas haciendo una gesta tan peligrosa por mí!

Alex aceptó el pañuelo y se lo ató entre dos botones de la camisa.

–Ya está. ¿A cuántas personas vas a invitar a presenciar cómo un búfalo de dos toneladas acaba conmigo?

–A cientos, porque confío plenamente en ti –rio Tattie.

–¿Te das cuenta de que el búfalo de la película ya estaba domado antes de que pasara por las manos de Cocodrilo Dundee?

–Claro –contestó Tattie–. No soy tonta. Me doy cuenta de las cosas… De hecho, me he dado cuenta de más cosas… Me he dado cuenta de que no hace falta que pases por semejantes pruebas para obtener mis favores… Basta con que me toques.

–¿Así? –dijo mirándola a los ojos mientras le acariciaba la tripa.

–Mmmm… o así –contestó Tattie empujándole la cabeza hacia delante.

Como era de esperar, al poco rato, estaban desnudos y Alex esculpía su cuerpo con manos y boca.

De repente, se paró.

–¿De qué más cosas te has dado cuenta? –le preguntó.

–¿Cómo? –dijo Tattie, confusa.

–Has dicho que te habías dado cuenta de más cosas, aparte de lo del búfalo. ¿De qué más cosas te has dado cuenta?

–¿A quién le importa?

–A mí.

–¿Te lo tengo que decir ahora? No me puedes obligar.

–Claro que puedo –dijo agarrándole los dos brazos, colocándoselos sobre la cabeza y asaltando las partes más sensibles de su cuerpo hasta hacerla gemir–. Muy bien, muy bien, te lo digo después, pero ahora te necesito…

–¿Prometido?

–¡Sí!

–Menos mal, porque ya no puedo más –dijo Alex poseyéndola.


–Me da un poco de vergüenza –dijo Tattie al terminar–. Es solo mi opinión, ¿sabes?

Alex la besó delicadamente en la boca.

–Venga, lo has prometido.

—No me has dejado más remedio —rio apoyando la cabeza en la almohada—. Bueno, está bien… Allá va… Estaba pensando que esto no se me está dando tan mal, pero…

—Es cierto.

—… Es solo mi parecer… ¿Tú también lo crees?

—Sí, de hecho se te está dando muy bien —le aseguró su marido—. Estás pasando de niña a mujer como una rosa que se va abriendo poco a poco al sol de la primavera.

—Alex, qué…

—¿Cursi?

—Bonito —dijo Tattie bajando la mirada—. Aunque no sea del todo cierto, nunca lo olvidaré…

—¿Quieres que te demuestre lo completamente cierto que es?

Tattie lo miró con ojos tristes.

—¿Ahora? —tartamudeó—. No sé si voy a poder aguantar más… Quiero decir…

Alex la interrumpió con un beso y se rio.

—Si te sirve de consuelo, yo tampoco puedo más. Me parece que, por esta noche, ya está bien.

Tattie se relajó y se acurrucó contra él. Cuando estaba casi dormida, Alex le acarició el pelo.

—¿Por qué querías hacerme creer que había

habido otro hombre en tu vida? Ahora sé que no es verdad.

—Porque… se me fue de las manos. Lo dijiste tú y… —contestó asustada.

—Tú no me lo desmentiste.

—Ya, pero… si no recuerdo mal, estábamos hablando de tu ex amante y supongo que me sentí en inferioridad de condiciones —confesó.

—Entonces, ¿esa razón que siempre decías que tenías para no seguir casada conmigo no era otro hombre?

—No.

—Me alegro —dijo Alex—. Duerme, Tattie —añadió abrazándola.


Pero se durmió él antes porque Tattie no paraba de darle vueltas a la famosa razón.

Aunque tenía claro que la deseaba, no sabía si estaba enamorado de ella. Una cosa no tenía por qué ir con la otra.

Por ejemplo, era muy probable que no hubiera querido a Leonie Falconer porque, de lo contrario, se habría casado con ella.

La situación había cambiado, su matrimonio había sido consumado y ahora le resultaría mucho más difícil separarse de él.

Se acurrucó contra Alex todavía más. Cerró los ojos y rezó para que nunca se diera el caso, pero su marido seguía siendo un enigma para ella.

El desayuno en Mount Bundy era increíble y Tattie intentó estar a la altura y olvidarse de los pensamientos que apenas la habían dejado dormir.

En el vuelo de regreso a Darwin ocurrió algo que le devolvió la esperanza.

Se había agachado para sacarse una piedra del zapato y, al incorporarse, vio que Alex la estaba observando muy de cerca con un brillo especial en los ojos.

—Me encanta cuando te agachas —sonrió con picardía.

—Oh —dijo Tattie enrojeciendo.

—No te sorprendas tanto —añadió acariciándole la mejilla—. ¿Te creías que estas cosas solo pasan en la cama?

—Bueno —dudó—, lo cierto es que, aunque haya dicho lo contrario, soy bastante novata en todo esto.

Alex se rio.

—Pues, para que vayas tomando experiencia, te diré que te tienes que ir acostumbrando a que te imagine desnuda... en cualquier lugar.

Tattie tragó saliva y sintió un calor insoportable por todo el cuerpo.

–Ah… ¿Eso quiere decir que no estoy a salvo ni siquiera en el avión?

–Si estamos hablando de mi imaginación, no… Pero, tranquila, como piloto puedes confiar en mí sin problema.

–¡Gracias al cielo! –rio–. Ya me tenías preocupada.

–Después de haberme introducido en el mundo del sexo salvaje, no pretenderás que no se me ocurran este tipo de cosas, ¿no? –murmuró atrapándola entre sus brazos.

–¡Que yo te he introducido! Me parece a mí que estás confundiendo las cosas –protestó Tattie.

–Da igual –contestó Alex besándola.

–Espero que no nos haya visto nadie –dijo Tattie cuando, al cabo de un rato, su marido le metió la blusa por la falda y la peinó un poco.

–Me importa un bledo que nos hayan visto –sonrió Alex dándole un beso en la nariz–. ¿Nos vamos a casa?


En el vuelo, Tattie hizo repaso de sus sentimientos.

Descubrió que, pese a las dudas de la noche anterior, se sentía más segura. ¿Cómo no iba a ser así con un hombre como su marido fantaseando con su cuerpo desnudo en cualquier momento y situación?

Aquello le daba confianza en sí misma.

Aunque no quería decir que estuviera locamente enamorado de ella, la hacía sentir de maravilla...

—¿En qué piensas? —preguntó Alex.

—¡No te lo digo ni por todo el oro del mundo! —contestó Tattie.

Alex la miró con una ceja enarcada. Entonces, como si le hubiera leído el pensamiento, le puso la mano sobre la suya y se la estrechó.

A Tattie le pareció el gesto más tranquilizador del mundo.

Dos días después, habló con su madre, que estaba en Beaufort y le dijo que Irina iba muy bien y que le iban a dar el alta en breve.

—Cuánto me alegro, Tatiana —dijo Natalie.

—Sí, estamos encantados. ¿Qué tal todo por allí?

—Muy bien, cariño, pero Doug y yo tenemos que volver a Perth el próximo fin de semana porque tiene una exposición, ¿sabes? ¿Crees que podrías venirte para entonces?

—Claro. Bueno... —dudó—. Aunque no pueda, ya nos las apañaremos, mamá. Tú vete tranquila.

–Tattie…

–No discutas, mamá –la reprendió Tattie–. Ya se nos ocurrirá algo a Alex y a mí.

–¿Qué tal… os va?

–Bien –contestó Tattie, radiante.

–Te está oyendo, ¿no?

–Claro –mintió para que su madre no le diera la lata de nuevo con el tema de su matrimonio.

–Bueno –dijo Natalie–. Dale recuerdos de mi parte, cariño –añadió poco antes de colgar.


–Mi madre te manda recuerdos.

Alex levantó la vista de los documentos que estaba leyendo. Había pasado por el despacho y se había llevado un montón de papeles a casa.

Tattie había preparado té y estaba sentada en una silla leyendo.

–¿Por telepatía? –le preguntó con aire divertido.

–No, ha llamado cuando estabas en la oficina.

–¿Y qué tal está?

A Tattie no le apetecía mucho sacar el tema de la vuelta a Beaufort, pero no quedaba más remedio.

–Doug tiene una exposición de Perth este fin de semana y quieren ir –contestó.

–O sea, ¿que te quieres volver a Beaufort?

Tattie no sabía qué contestar. No se quería separar de Alex, pero sospechaba que no era bueno querer estar todo el día pegada a él. Además, no tenía ni idea de lo que su marido pensaba.

–Solo si vienes conmigo…

–Me temo que no puedo.

–¿Por tu madre? Lo entiendo perfectamente…

–Por mi madre y por unos asuntos de negocios –la interrumpió con sequedad.

–Lo que pasa es que no puedo dejar que Polly se haga cargo sola de una casa llena de huéspedes.

–La cosa es que vamos a tener que tomar una serie de decisiones en cuanto a Beaufort –dijo Alex parodiándola.

Tattie tragó saliva.

–Ya sé que hay que hacer algunos cambios…

–Para empezar, Tattie, tú te quedas aquí –dijo con decisión.

Tattie lo miró a los ojos sin poder creerse que aquel fuera el mismo hombre con el que había compartido una maravillosa noche de amor.

–No me hables en ese tono, Alex Constantin –le dijo muy seria–. Si no podemos hablar de este tema de manera racional, mejor no hablamos de él en absoluto. Nunca he tenido intención de dirigir Beaufort desde Darwin y… ¡Todo esto se te ocurrió a ti, me dijiste que era cosa mía montarlo y hacerme cargo, así que ahora no me pidas que lo deje!

–¿No te quieres quedar conmigo? –preguntó él peligrosamente.

–Sí. No –contestó Tattie cerrando los ojos con frustración–. Me he entregado al proyecto en cuerpo y alma y pienso seguir haciéndolo. Sé que voy a tener que hacer cambios en mi vida, pero… No entiendo por qué no podemos hablarlo tranquilamente y tomar decisiones que a los dos nos vengan bien. No entiendo por qué me tienes que decir dónde tengo que estar, como si fuera… un mueble o… la mujer con la que te casaste por conveniencia…

–Creía que en todos los matrimonios, también en los de por amor, era requisito imprescindible vivir juntos.

–¡Y lo es! Eso no quiere decir que no se puedan hacer excepciones si así lo exigen las circunstancias. Ni que me puedas decir lo que tengo que hacer y te niegues a mantener una conversación cabal sobre el tema…

–Tengo la pareja perfecta para que se haga cargo de Beaufort –dijo Alex–. Tienen experiencia porque se encargaron de llevar un alojamiento parecido en el Parque Nacional de Litchfield…

–Escúchame, Alex –lo interrumpió enfadada–, ¡si hay que tomar una decisión parecida, la tomaré yo y solo yo!

–Así que, al fin y al cabo, es como si no estuviéramos casados, ¿no?

–Si me vas a tratar así, no –contestó con ganas de llorar de rabia.

–¿Qué te interesa más, Tattie, Beaufort y Carnarvon o yo?

–¡No es cuestión de eso! –protestó.

Alex recogió los papeles y se puso en pie.

–Me voy a la oficina.

–Es lo mejor que puedes hacer –contestó ella–. Esta vez no te pares en un bar, a ver si te vas a volver a encontrar con tu padre viendo el rugby y ya lo que me faltaba, más intervenciones familiares.

Cuando volvió a casa, Tattie ya estaba dormida y a la mañana siguiente no se levantó hasta que no lo oyó irse… pero no había cerrado la puerta con llave.

Estaba agotada. Su matrimonio se había convertido en un campo de minas, pero no había perdido las esperanzas por completo. ¿Por

qué no podían arreglar las cosas entre los dos?
Hablando… No era tan difícil… ¿O sí? ¿Por
qué no entendía Alex que no podía dejar un
proyecto tan importante para ella?

Al final, se levantó y salió de casa.

Se fue a desayunar a Cullen Bay, el paseo
marítimo desde el que se veía el mar mientras
se comía.

Se sentó en su mesa preferida y pidió un
café con tostadas. No tenía hambre, pero sentía un gran vacío en su interior y pensó que,
tal vez, se le quitaría comiendo algo.

Al mismo tiempo que su desayuno, llegó la
última persona en la tierra a la que quería ver:
Leonie Falconer.

Para colmo, la ex de su marido tomó una
silla y se sentó.

—¿Qué…? —dijo Tattie, muy tensa.

—Te estaba observando y me estaba pare-
ciendo que estás muy pensativa, así que…
¿Qué tal os va todo? ¿Se porta bien tu maridito?

—¡Maravillosamente bien, gracias, Leonie!
—contestó.

—La verdad es que pareces un poco triste,
Tatiana…

—¡Qué aguda! —dijo Tattie—. Pues sí, tienes
razón, pero es porque me voy a tener que separar de Alex unos días para irme a uno de
mis ranchos.

Leonie se echó hacia atrás en la silla. «¡Toma ya!», pensó Tattie.

–¿Sabes? Llevo meses, bueno, desde que te casaste con él, preguntándome si conoces de verdad a Alex Constantin.

–Qué curioso que me digas esto, porque no eres la primera, pero sí, para que lo sepáis todos, lo conozco muy bien –contestó. «En estos momentos, mejor de lo que me habría gustado», añadió para sí misma.

–¿Y te daba igual que se acostara conmigo?

Tattie se encogió de hombros.

–Teniendo en cuenta que fui yo la que lo animó a buscarse una amante, sí.

«¡Bingo!», pensó al ver la cara de asombro de la otra.

–¿Y sabes lo de Flora Simpson?

–Por supuesto. Jugaba a dos bandas, ¿no?

–Sí… Sabes que nunca la va a olvidar, ¿verdad? Lo que seguro que no sabes es que Flora está viviendo otra vez aquí y que se ha divorciado de su marido –dijo con maldad echándose hacia delante–. Toda la ciudad conoce el motivo por el que se casó contigo, ¿sabes? Sí, porque, como no podía tenerla a ella, le daba igual con quién casarse, Tatiana Beaufort.

–Constantin, si no te importa –la corrigió Tattie–. ¿De verdad? ¿Todo eso sabe la gente? Bueno, pues mira qué bien –añadió terminándose el café para no tirárselo a Leonie por encima–. Lo que no me cuadra es que... si estaba dispuesto a casarse con cualquiera... ¿Por qué no se casó contigo? –le espetó.

Leonie se quedó pálida.

–Porque tú tienes una cosa que yo no tengo: ranchos. Se casó contigo única y exclusivamente por eso.

–Entonces, no es una cosa sino dos –contestó Tattie sonriendo mientras se levantaba–. Además, para que lo sepas, él también tiene... un par de cosas que a mí me interesan. Que tengas un buen día.

Sin pensarlo, condujo hasta el despacho de abogados donde había colaborado el primer año de casada. Al verse allí, decidió entrar a saludar. Lo que fuera con tal de quitarse el amargo recuerdo de Leonie Falconer.

Estaba de guarda Jenny Jones, una de las abogadas con las que mejor se llevaba, y por suerte la oficina no estaba muy llena, así que se sentó a charlar con ella.

–¿Qué tal te va por el rancho? –le preguntó Jenny–. Te echamos de menos, ¿sabes?

–Todo muy bien –contestó–. Jen, ¿qué harías tú para encontrar a una persona? –añadió de repente.

Jenny la miró sorprendida.

—¿Por qué?

—Porque me gustaría localizar a una persona a la que hace tiempo que no veo.

—Miraría en el censo.

—Ya, pero es que ha estado un tiempo viviendo fuera y acaba de volver a la ciudad.

—Mmm… ¿Y si miras en los periódicos locales? Te voy a dar el nombre de un periodista que conozco que te podría echar una mano.

Media hora después, Tattie salió del despacho con la dirección de Laura Pearson, una compañera de trabajo que acababa de tener un niño, y sin saber qué hacer. No le parecía muy prudente que Tatiana Constantin se dedicara a pedir información sobre Flora Simpson.

Pero se moría por conocer a aquella mujer a la que dos personas, bien informadas en teoría, se habían referido como el gran amor de su marido.

Se había quedado mirando un escaparate sin darse cuenta. En el centro, había un adorable osito de peluche y lo compró para el niño de Laura. Entonces se le ocurrió una idea.

Entró en otra tienda y se compró un sombrero que le cubría buena parte del rostro. De allí, se fue derecha al periódico y le dijo a la recepcionista que iba de parte de Jenny Jones y que necesitaba toda la información que tuvieran sobre Flora Simpson.

Todo salió a las mil maravillas. No tuvo que hablar con nadie más porque, al pronunciar el nombre de Jenny, la recepcionista se puso a su servicio. Nadie la había reconocido.

Salió de allí con un sobre que no se atrevió a abrir hasta llegar a casa.

No había señal de Alex, pero, por si acaso, se encerró en su dormitorio para estudiar el contenido del sobre. Al ver su foto, deseó no haber sido tan curiosa, porque Flora Simpson era realmente una mujer bellísima.

Era alta y delgada, elegante, con aire sofisticado…

Leyó los dos recortes de prensa que acompañaban a las fotografías. En uno de ellos se mencionaba que Flora había vuelto a Darwin hacía un par de semanas tras haberse divorciado de su acaudalado marido.

¿Cuántos años tendría? Debía de tener veintimuchos, casi treinta. «Mucho más cercana a Alex que yo», pensó con tristeza.

Guardó todo en el sobre y lo escondió en el fondo del armario.

En ese momento, sonó el teléfono.

Era Alex y se oía fatal.

—¿Tattie?

—Sí, ¿dónde estás?

–En el avión –contestó entre ruidos–. Ha habido una urgencia en una de las plantas y he tenido que irme, pero estaré en casa mañana.

–Muy bien –carraspeó Tattie–. Alex, me alegro de que hayas llamado porque no quiero que te creas que me han secuestrado... Mañana me vuelvo a Beaufort. Esta tarde me pasaré a ver a tu madre para explicarle por qué me voy...

–Tattie, no –la interrumpió Alex.

–Alex, tengo que hacerlo –dijo ella con decisión.

Y colgó. Volvió a sonar inmediatamente, pero no contestó. Volvió a sonar media hora después, pero tampoco contestó.

Cuando se disponía a salir de casa para ir a ver a Irina, se encontró con un hombre enorme en la puerta, que le dijo que era un guarda de seguridad con instrucciones de no perderla de vista.

Se volvió a meter en casa y llamó a Alex, pero nada. Entonces lo intentó con Paula Gibbs, su secretaria.

–Oh, señora Constantin –dijo la mujer, aliviada–. Estaba intentando llamarla, pero no contestaba usted al teléfono. Iba para su casa.

–Paula, ¿qué demonios está pasando? ¿Ha ocurrido algo y Alex no me lo ha querido contar? Hay un hombre en mi puerta que dice que es guarda de seguridad y que me tiene que seguir.

–Tranquila. Es cierto que está ahí para velar por su seguridad. Alex lo ha querido así. Desde el intento de secuestro, está muy preocupado y, como se tenía que ausentar de la ciudad...

Tattie tomó aire y contó hasta diez.

–Muy bien, gracias, Paula.

Tras terminar la conversación con la secretaria de Alex, abrió la puerta y le dijo al guarda de seguridad que al día siguiente se iban a Beaufort.

El hombre la miró avergonzado y le dijo que tenía instrucciones de no dejarla salir de la ciudad hasta que volviera el señor Constantin. Por seguridad, claro.

Tattie tuvo que morderse la lengua para no decirle que lo que su marido quería era solo salirse con la suya, e hizo lo único que podía hacer: ir a ver a su suegra con el guarda metido con calzador en su coche.

# Capítulo 9

¿CÓMO te llamas? –le preguntó Tattie.

–Leroy, señora –contestó el guarda de seguridad.

–Muy bien, Leroy, ¿te importaría dejar de crujirte los nudillos?

–Perdón, señora –contestó el muchacho sentándose encima de las manos.

–¿Qué vas a hacer mientras visito a mi suegra?

–Esperar en la puerta, señora. No se preocupe, ni se dará cuenta de mi presencia.

«Teniendo en cuenta tu tamaño, es poco probable», pensó Tattie.

–¿Y esta noche?

–Lo mismo, pero vendrá un compañero a reemplazarme. No se preocupe, señora Constantin, está usted completamente vigilada.

Tattie lo miró con un poco de pena. ¡El pobre no se podía ni imaginar que la señora Constantin estaba muy decidida a irse a Beaufort antes de que llegara su marido!


Irina la estaba esperando en la cama, ataviada con una bonita bata de seda color crema.

Tattie le dio un beso y se sentó junto a ella.

–Tienes muy buen aspecto.

–Me empiezo a encontrar mejor, sí –contestó su suegra–. Dicen que, cuando me den el alta, voy a salir andando por mi propio pie.

–¡Seguro que sí! –exclamó Tattie.

–Muchas gracias por todo, cariño –le dijo acariciándole cara–. Te has portado de maravilla conmigo y has ayudado a mi hijo a soportar todo esto...

–Tu hijo te quiere mucho y yo también... Irina, me voy a tener que ir unos días a Beaufort –le dijo explicándole la situación.

–Cuánto me alegro de que tu madre esté enamorada. Qué romántico. ¿Sabes que estuvieron aquí? Sí, conocí a Doug el otro día. ¡Bueno, hasta le compré un cuadro! –rio–. ¿Cuánto tiempo vas a estar fuera?

–No lo sé –contestó no queriendo mentir–. Alex sabe de una pareja que se podría hacer cargo ahora que he conseguido ponerlo en marcha, así que…

—¿Sabes una cosa? Todo te subestimamos, Tattie.

Tattie la miró perpleja.

—Y me parece que Alex el que más —añadió Irina—. Tú solo quieres amor de él verdadero, ¿me equivoco?

Tattie estuvo a punto de caerse de la silla. Su suegra sonrió.

—La gente me tiene por una vieja que se cree que su hijo es perfecto. Es cierto que me tuvieron que decir quién era Leonie Falconer, pero…

—¿Quién…? —dijo Tattie, perpleja.

—Una amiga me llamó al día siguiente de vuestra fiesta de aniversario y me lo dijo —contestó Irina—. Por eso te llamé un poco tensa, ¿recuerdas?

Sí, claro que lo recordaba.

Irina le acarició la mano.

—Y ahora me dicen que Flora Simpson ha vuelto.

Tattie se quedó sin habla.

—¡Pero se supone que tú no tenías que saber nada de esto! —consiguió decir.

—Lo mejor es que George y yo nos lo hemos estado ocultando para no hacernos sufrir… Tattie, debes hacer lo que creas que es mejor para ti… y para Alex.

Tattie la miró con atención.

—Si crees que merece la pena, lucha. Yo lo hice.

—Yo… esto… ¿Por George? Pero creí que vosotros también os habíais casado por conveniencia.

—Sí, pero… no fue igual que vuestra situación. Verás, George creía que había sido su madre la que había decidido que se casara conmigo. Lo que no sabía era que había sido yo la que se lo había dejado caer a su madre. Lo quería y él no se decidía —recordó Irina—. Ahora lo tiene muy claro —rio.

—¡Bravo, Mama Constantin! —exclamó Tattie utilizando la forma cariñosa con la que Alex se dirigía a su madre.

Irina sonrió.

—Cuando pensé en ti como mujer de mi hijo, buscaba una mujer de la que Alex se pudiera enamorar o, como mínimo, querer y respetar; y me he encontrado con una mujer a la que yo quiero y respeto mucho, pase lo que pase entre mi hijo y tú. Por supuesto, me encantaría que resolvierais vuestras diferencias, pero lo primero es tu felicidad, Tattie —le dijo abrazándola—. ¿Sabes una cosa? Tengo la corazonada de que a Alex le va a importar muy poco que Flora Simpson haya vuelto.

De vuelta en casa, Tattie hizo repaso de todo lo sucedido, que había sido mucho. Se sentía inmensamente aliviada de que su suegra lo supiera todo y la llenaba de emoción que Irina la quisiera tanto.

El único problema era no saber cómo iba a reaccionar Alex ante el regreso de Flora. Además, no estaba dispuesta a tolerar que su marido le dijera lo que tenía que hacer. Si la hubiera querido de verdad, tendría que haber estado dispuesto a hablar del tema de Beaufort en lugar de hacer lo que había hecho.

Miró hacia la puerta. ¿Qué pretendía, tenerla encerrada en una cárcel de oro para salirse con la suya?

Hizo una llamada, envolvió el osito de peluche para regalo y le sacó un té con galletas a Leroy.

—Muchas gracias, señora —contestó el joven, encantado.

—Una cosa, Leroy. Dentro de una hora, me voy a ir a cenar a casa de una amiga. ¿Tienes coche?

Leroy dudó.

—Lo digo para que no tengas que estar tantas horas metido en el mío esperándome. Ya sé que es pequeño e incómodo para ti.

–Sí, señora, con todos los respetos, mi coche es más grande.

–¿Te importaría llevarme y traerme?

–¡Claro que no!

–¿Dónde la llevo?

Tattie le dio una dirección y le preguntó qué iba a cenar.

–Le iba a preguntar si le importaría que parara a comprar una hamburguesa –contestó Leory.

–Por supuesto que no. No vas a estar horas sin comer –dijo Tattie.

Al cabo de un rato, Leroy pedía una cantidad de comida increíble y la metía en el coche.

Al llegar a Fannie Bay, Tattie señaló una casa que no había visto en su vida.

–Aquí es –dijo.

Leroy aparcó delante y miró a su alrededor.

–Muy bien –dijo–. Voy a mirar un poco los alrededores… Aquí tiene el número de mi móvil por si me necesita –añadió dándole una tarjeta.

–Gracias –contestó Tattie sintiéndose culpable–. Hasta luego –añadió dirigiéndose hacia la puerta.

Laura y ella estuvieron un rato charlando, le dio el regalo y la visita estuvo muy agradable. Cuando terminó, Tattie salió por la puerta de atrás y saltó la valla con cuidado, rezando para no encontrarse con unos perros asesinos.

Una vez en la calle de atrás, llamó a un taxi y veinte minutos después estaba sacando el coche del garaje. Cuando estuvo segura de que nadie la seguía, llamó a Paula.

—Señora Constantin, Alex va a...

—Alex nada —dijo Tattie—. Paula, le dices que me voy a Beaufort aunque se acabe el mundo —añadió con firmeza—. Estoy perfectamente, no me pasa nada. Una última cosa, por favor, llamad a Leroy. Él no ha tenido nada que ver en todo esto. De hecho, le he dado esquinazo.

—Pero... pero...

—Paula, esto es entre mi marido y yo. Ni se te ocurra llamar a la policía y, por favor, no llames a los padres de Alex. Ya tienen bastante con lo que tienen.

Dos días después, Tattie llegó a Beaufort en una avioneta que había alquilado.

Se llevó una gran sorpresa al ver a Polly esperándola en el aeródromo con los brazos abiertos.

–¡Menos mal que estás aquí! ¡Alex está de un humor terrible y tenemos la casa llena de gente!

–¿Y mi madre y Doug? ¿Cómo que la casa llena de gente? Pero si no había reservas... –se interrumpió al comprender–. ¿Alex está aquí?

–Sí, llegó ayer por la mañana en un hidroavión y mandó a tu madre y a Doug en él a Perth. Y, de repente, llegó un autobús lleno de turistas que se van a quedar dos noches.

–¿Y eso?

–Nos hemos debido de confundir con las fechas –se disculpó Polly–. Menos mal que Alex nos ha ayudado. Se los ha llevado a dar un paseo a caballo y mi madre y yo nos hemos podido ocupar de la cocina. Ha estado colgado del teléfono todo el día intentando localizarte, pero nadie sabía dónde estabas.

–Ya... es que tuve que ir en autobús de Katherine a Kununurra.

Polly aparcó frente a la casa y la miró extrañada.

–¿Por qué no has venido en un avión Constantin?

Tattie tragó saliva.

–Es una historia muy larga, Polly –contestó–. ¿Y Oscar?

Polly parpadeó y se estremeció.

–Ha salido con Alex. No creo que tarden más de un par de horas.

Fueron las horas más largas de su vida.

Tattie rezó para que el paseo a caballo hubiera calmado a Alex, pero a juzgar por cómo la miró al llegar, no había sido así.

Menos mal que estaba Oscar, que, en cuanto la vio, salió corriendo hacia ella y la llenó de lengüetazos de arriba abajo.

–¡Cómo has crecido! –exclamó Tattie–. Pero, bueno, jovencito... si tampoco he estado tanto tiempo fuera...

Gracias al perro, la tensión disminuyó un poco. Alex le presentó a los huéspedes, que estaban encantados con las maravillas que habían visto.

–Perdón, pero me voy a llevar a mi mujer un momento porque hace días que no nos vemos –dijo Alex dejando a los huéspedes con Polly.

Agarró a Tattie del brazo y se la llevó a la terraza.

De allí, fueron andando hasta un mirador. Ninguno de los dos habló en todo el camino.

–¿Me has traído para tirarme? –preguntó Tattie mientras subía las escaleras.

La tensión era tan abrumadora, que hasta Oscar la notaba.

–¿Por qué iba a hacer algo así, Tattie? –preguntó él cruzándose de brazos.

–Porque te he desobedecido…

–Estás exagerando, ¿no?

–¿De verdad? A mí no me lo parece –le espetó–. ¡Me has tenido vigilada para salirte con la tuya, Alex! ¡Perdona si te preocupas por mí, pero no pienso dejar que me digas cómo tengo que vivir!

–Sigue.

–¿Quieres más? Bien… ¿Quieres que viva en un sitio donde no paro de encontrarme con mujeres que han estado contigo?

Alex se quedó perplejo.

–¿Cuándo?

–Da igual.

–No, no da igual. Quiero saberlo.

Tattie tragó saliva y se negó a hablar.

–Bueno, si no me lo quieres contar, no me lo cuentes, pero me gustaría que te dieras cuenta de lo que has hecho y de la situación en la que has puesto a mucha gente –le recriminó–. A Paula, por ejemplo, que no tenía forma de saber si la estabas llamando por voluntad propia o porque tenías a un tipo apuntándote con un arma. O al guarda de seguridad…

–No fue culpa suya –lo defendió Tattie–.

En realidad, todo ha sido culpa tuya por tratarme como lo hiciste. Te voy a decir una cosa, Alex: como Leroy pierda su trabajo o algo por esto, te juro que no te vuelvo a hablar.

Alex enarcó una ceja.

—Resulta conmovedor que te preocupes por él. ¿Y mi madre, Tattie?

—Tu madre sabía perfectamente que me venía a Beaufort y, para que lo sepas, me ha dicho que entiende perfectamente que no siga casada contigo si no quiero.

—¿Por qué? —dijo frunciendo el ceño.

—Porque cree que me habéis subestimado todos, sobre todo tú.

—¿Te ha dicho eso?

—Sí —contestó Tattie—. Y que conste que yo no se lo pedí, pero dice que si no cumples con mis requisitos...

—¿Cuáles son?

—¿Qué importa? —murmuró sonrojándose.

—Por supuesto que importa. Empiezo a sospechar que esos requisitos tienen mucho que ver con la misteriosa razón que siempre dices que tienes para seguir casada conmigo —dijo mirándola intensamente.

Tattie no dijo nada.

—Bueno, le pediré a mi madre que me los diga ella.

Tattie se mordió el labio y cerró los ojos.

—Alex…

No podía continuar.

—Tattie, dímelo. No pienso dejarte marchar hasta que no me lo hayas dicho.

Tomó aire y se aventuró a confesar la verdad.

—Me juré a mí misma que no seguiría casada contigo a menos que supiera que estabas locamente enamorado de mí.

—¿Por qué no?

Aquello sí que no tenía valor para contestarlo.

—Lo que importa es que, por fin, he entendido todo.

—¿Qué has entendido?

—Por qué no puedes enamorarte de mí… —contestó bajando la mirada—. He visto a Flora Simpson y…

—¿Cuándo?

Tattie suspiró.

—No la he visto en persona —confesó—. He visto unas fotos suyas.

—¿Y eso?

—Preferiría no contártelo. Me da un poco de vergüenza.

—A ver si me entero. Me acabas de decir que te encuentras constantemente con mis ex y ahora me dices que a Flora no la conoces en persona. ¿Te importaría explicarte mejor?

Tattie echó los hombros hacia atrás.

—El día que te fuiste de la ciudad, me encontré con Leonie —contestó armándose de valor—. Entre otras cosas, me dijo que Flora había vuelto y yo… —cerró los ojos con desesperación—. Ten en cuenta que tu propio padre me había dicho lo mucho que esa mujer había significado para ti —añadió a modo de disculpa—. La cosa es que ya no pude más y decidí que quería verla…

Y le contó cómo había conseguido las fotografías.

—Oh, Tattie —murmuró Alex.

—Entonces entendí que no pudieras enamorarte de mí —insistió Tattie—. Solo la he visto en foto, pero es… especial —añadió—. Lo que no te perdonaría nunca es que quisieras mantenerme en Darwin porque estuvieras con ella —concluyó recuperando el orgullo Beaufort.

—¿Cómo se te ocurre algo así?

—¿Y por qué no? ¿Qué otra razón ibas a tener?

—Todo esto —contestó él mirando al horizonte—. Beaufort. En otras palabras, celos de que te importaran más tus ranchos que yo.

Tattie lo miró con los ojos muy abiertos.

—Siento desilusionarte, Tatiana Beaufort, pero sí estoy locamente enamorado de ti. Perdón si he tardado un poco en darme cuenta.

—Alex…

–Además –dijo acariciándole el pelo–, no tenía ni idea de que Flora Simpson hubiera vuelto. Es cierto que por ella decidí no volver a enamorarme, pero conocí a una chica buena y vital que me devolvió la alegría de vivir y de la que me he enamorado. Tú, Tattie.

–¡Creía que estabas enfadado conmigo!

Alex negó con la cabeza.

–Estaba tan contento de verte, que no sabía ni qué hacer. Lo he pasado muy mal, ¿sabes?

–¿Por qué?

–Porque creí que me habías dejado –confesó.

–¿De verdad está pasando todo esto?

–Tattie, solo cinco días después de haberte acostado conmigo, dijiste que te querías volver aquí. Perdona, pero estaba hecho un mar de dudas.

–¿Un mar de dudas? Si tú supieras, Alex…

–Quiero que me lo cuentes todo. Para empezar, ¿cuáles son esos requisitos de los que has hablado antes?

–Bueno, uno de ellos es que estés locamente enamorado de mí.

–¿Por qué?

–Porque yo llevo mucho tiempo locamente enamorada de ti…

Alex la abrazó con fuerza y Tattie apoyó la cabeza en su pecho y escuchó su corazón desbocado.

–Creí que nunca te lo iba a oír decir –dijo con voz trémula–. Me estaba volviendo loco, Tattie. Cuánto te quiero, mi amor.

–¿Qué vamos a hacer? –preguntó Tattie.

–¿En cuanto a la vida en general o en cuanto al presente? –dijo Alex pasándole el brazo por los hombros.

Tattie apoyó la mejilla en su hombro.

–Una de las razones por las que Beaufort significaba tanto para mí era porque no podía tenerte a ti. Ahora que te tengo, ya no necesito vivir en el rancho… siempre y cuando vengamos a menudo, claro.

–Por supuesto –le aseguró Alex–. ¿Quieres seguir con la empresa de turismo?

Tattie pensó unos instantes.

–Sí –contestó–. Quiero compartir este lugar tan bello con la gente y, además, están Polly, mi madre, Doug, Marie y un montón de personas que han puesto mucho esfuerzo. Y confieso que tengo otro motivo de mucho peso.

–A ver si lo adivino… Carnarvon.

–¿Cómo lo sabes?

–¿Olvidas que una de las cosas que más me gusta de ti es tu fuerza de voluntad? –dijo besándola en la frente.

Tattie suspiró satisfecha.

–Ya sé que no nos podemos escapar de cenar con los demás, pero prométeme que después nos retiraremos pronto a nuestros aposentos –bromeó Alex.

–Te lo prometo... –se interrumpió con lágrimas en los ojos–. No me puedo creer que sea cierto –gimoteó.

Alex se apresuró a secarle la cara.

–Lo es, mi amor, lo es.

La cena fue maravillosa, pero Tattie se moría porque terminara.

Cuando llegó a su dormitorio, Alex la estaba esperando con una bandeja con una botella de licor.

Le sirvió una copa y brindaron antes de agarrarse de la mano en silencio y disfrutar de la luna sobre Beaufort.

Alex la desnudó con suma delicadeza.

–Si supieras cuánto te quiero –le dijo al oído antes de meterla en la cama.

–Lo sé –contestó ella sinceramente.

Tattie se despertó alrededor de las doce de la noche, completamente desorientada. No se podía creer todo lo que había ocurrido.

–¿Qué es eso? –murmuró.

Alex se incorporó y los dos escucharon un claro ruido en la puerta.

–¡Es Oscar! –exclamó Tattie–. ¿Pero Polly no lo había acostumbrado a dormir en el cuarto de la ropa sucia?

–Sí, pero... Anoche lo saqué –confesó Alex.

–¿Lo dejaste dormir contigo?

–Sí...

–¡Y me decías que no sabía educar perros! –rio Tattie.

–Me encontraba solo.

–¡Me encanta que digas eso! –bromeó abrazándolo.

–Qué mala eres, Tatiana.

–No. Es que me hace sentir que estoy... realmente casada contigo.

Alex le tomó la cara con suavidad y la besó.

–Entonces no me importa. ¿Qué hacemos?

–¿Lo dejamos entrar? –sugirió Tattie–. Él también se sentirá solo, ¿no crees?

–¿Y qué me das a cambio? –sonrió Alex acariciándole los pechos.

–¿Me estás chantajeando, Alex Constantin?

–Sí –confesó su marido sin pudor.

–Está bien... Si dejas entrar a Oscar, te doy... sexo salvaje para toda tu vida.

–Hecho –dijo corriendo a abrir la puerta.

Oscar entró, se subió a la cama y se hizo un ovillo.

Tattie y Alex se rieron y se quedaron dormidos uno en brazos del otro.

# Secretos de verano
## Maureen Child

### Esperando un hijo tuyo

El cirujano Sam Lonergan tenía una vida sin ningún tipo de ataduras… hasta que conoció a Maggie Collins, la joven y atractiva ama de llaves del rancho de su familia. Tuvieron un encuentro increíblemente apasionado, tras el cual Maggie descubrió que estaba embarazada.

Aunque se estaba enamorando, Maggie sabía que él no era de los que se casaban…

### Seducida por el jefe

Harta de que el hombre del que llevaba años enamorada ni siquiera la viera, Kara Sloan decidió hacer las maletas y marcharse. Pero justo cuando estaba a punto de irse, Cooper Lonergan, su adorado jefe, la sorprendió con una noche de pasión.

No podía dejar que se le escapara la única mujer que ponía orden en su caos. El plan de Cooper era hacer todo lo que estuviera en sus manos para que Kara no saliera de su vida… incluyendo llevársela a la cama.

### Ahora y siempre

No se habían vuelto a rozar desde aquella noche de hacía quince años, pero Donna Barreto aún reconocía el deseo en los ojos de Jake Lonergan. El deseo y la culpa. Tenía remordimientos por haber tratado de hacerla suya mientras ella era la novia de su primo. Aquel había sido su secreto… hasta que ella se había marchado de la ciudad con un secreto aún mayor.

Ahora Jake pretendía darle al hijo de Donna el apellido que merecía por derecho, el honor le obligaba a hacerlo. Pero era la pasión la que lo impulsaba a luchar por la mujer con la que solo había estado una vez.

# JULIA™

## STELLA BAGWELL
### AMOR TRAIDOR

La periodista Juliet Madsen había sufrido varios desengaños amorosos y, de hecho, había huido de Dallas y se había instalado en un pueblecito de Texas huyendo del amor, pero no contaba con conocer al ganadero Matt Sánchez.

Matt era inteligente, sensual, leal a su familia y muy entregado a su hija adolescente, cualidades que ella siempre había buscado en un hombre.

El problema era que su jefe le había pedido que escribiera un artículo sacando a la luz ciertos trapos sucios de la familia de Matt y Juliet sabía que si él se enteraba, ella perdería lo que siempre había querido tener: una familia.

N.º 470

## TERESA HILL
### CARICIAS MUY ÍNTIMAS

Para Lily Tanner los hombres atractivos eran como los dulces: deliciosos, irresistibles y peligrosamente adictivos. Como Nick Malone, su nuevo vecino, toda una tentación para chuparse los dedos...

Sin embargo, después de un matrimonio horrible, Lily no quería saber nada más de los hombres. Aunque no le quedó más remedio que ayudar a Nick cuando éste se vio acosado por todas las mujeres del vecindario. El plan de Nick era muy simple: hacerse pasar por su pareja para contener a sus admiradoras. Pero sus métodos, a base de íntimas y profusas caricias, estaban causando estragos en la férrea determinación de Lily.

## ¡YA EN TU PUNTO DE VENTA!

# JAZMÍN

## JUDITH McWILLIAMS
### ENAMORADA DE SU JEFE

Poco podía imaginar el director general de la empresa que aquella mujer que lo miraba con cara de amor no era otra que su secretaria, Jocelyn Stemic. Cuando empezó a recuperar la memoria, Lucas Forester se dio cuenta de que nada de lo que recordaba hacía pensar que Jocelyn fuera su esposa... Lo que sí sabía era que deseaba ser el marido de aquella encantadora dama por encima de todo.

## REBECCA WINTERS
### EL HÉROE DE SUS SUEÑOS

El millonario Payne Sterling estaba acostumbrado a ser famoso, pero no esperaba encontrarse su foto en la portada de varias novelas románticas. Jamás había posado para tal retrato y estaba empeñado en localizar a quien tanto lo había avergonzado. Rainey Bennett había visto la fotografía de Payne entre las que había tomado su hermano en las vacaciones; ahora aquel hombre quería llevarla a juicio... hasta que le propuso otra manera de compensarle por el daño.

N.º 575

## CAROLINE ANDERSON
### AMOR VERDADERO

Tras la muerte de su hermana, Claire Franklin se había quedado al cuidado de su pequeña sobrina y pensaba que Patrick Cameron era el padre de la niña, por mucho que él lo negara. Con la sospecha de que tal vez su difunto hermano fuera el padre, Patrick insistió en ayudar a Claire y a la pequeña Jess. A medida que iba formando parte de sus vidas, Patrick se dio cuenta de que la obligación se había convertido en devoción por Jess... y atracción hacia Claire.

# MICHELLE WILLINGHAM

## *El silencio del vikingo*

Caragh O'Brannon se había defendido valientemente ante la llegada del enemigo. Y, al final, se había encontrado a solas con un vikingo. Un vikingo furioso…

Styr Hardrata había navegado hasta Irlanda con la intención de comerciar, pero jamás se habría imaginado a sí mismo hecho cautivo y encadenado por una hermosa doncella irlandesa.

El salvaje y atractivo guerrero aterrorizaba y atraía a Caragh a partes iguales, pero le estaba totalmente prohibido. Era un enemigo, y además estaba casado. Aun así, Styr poseía muchos secretos por desvelar…

## *La tentación del vikingo*

El guerrero vikingo Ragnar Olafsson había sido testigo de cómo su mejor amigo había reclamado a la mujer que más deseaba.

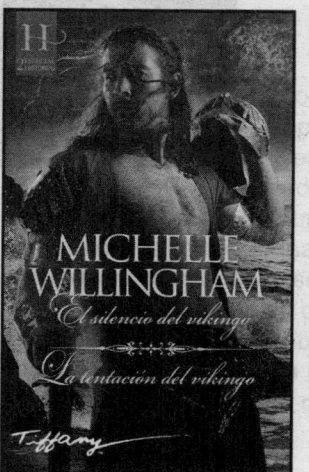

Solo había un modo de ahogar la profunda oscuridad que habitaba en su interior: convertirse en un despiadado guerrero.

Elena había sido hecha prisionera y Ragnar lo había arriesgado todo por salvarla. Aislados, sin nada más que su respectiva compañía, cada deseo, cada mirada, cada caricia se volvería de repente prohibida. Elena podría haber tentado a un santo, y el pecador Ragnar sabía que no iba a poder aguantar mucho tiempo…

No. 81

## ¡YA EN TU PUNTO DE VENTA!

# DESEO
# PEGGY MORELAND

## CINCO HERMANOS Y UN PROBLEMA

Al ver a aquella mujer con un pequeño en sus brazos, Ace comenzó a preguntarse qué iban a hacer sus cuatro hermanos y él con una niña tan pequeña.

Lo único que había hecho Maggie había sido entregar una niña huérfana a la familia a la que pertenecía por derecho. Pero Ace le había pedido que viviera con ellos..., así que poco tiempo después el atractivo ranchero y ella comenzaron a compartir algo más que los biberones a media noche.

N.º 544

## TÚ SERÁS MÍA

La familia Tanner estaba a punto de adoptar a una pequeña, solo quedaba que Woodrow Tanner se lo comunicara a la doctora Elizabeth Montgomery, la única familiar que podía reclamar también la custodia del bebé. Pero él sabía perfectamente cómo conseguir lo que deseaba de una mujer. Claro que no había contado con que desearía tanto de aquella mujer...

Elizabeth siempre había querido tener una verdadera familia y cuando aquel atractivo cowboy le dio noticias de la pequeña, pensó que aquello era más de lo que habría podido soñar.